上都散曲

郭海鹏 主编

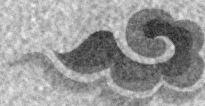

内蒙古科学技术出版社

图书在版编目（CIP）数据

上都散曲 / 郭海鹏主编. — 赤峰：内蒙古科学技术出版社，2018.6（2022.1重印）
ISBN 978-7-5380-2957-4

Ⅰ.①上… Ⅱ.①郭… Ⅲ.①散曲—作品集—中国—元代 Ⅳ.①I222.9

中国版本图书馆CIP数据核字（2018）第105728号

上都散曲

主　　编：郭海鹏
责任编辑：季文波
封面设计：永　胜
出版发行：内蒙古科学技术出版社
地　　址：赤峰市红山区哈达街南一段4号
网　　址：www.nm-kj.cn
邮购电话：0476-5888903
排版制作：赤峰市阿金奈图文制作有限责任公司
印　　刷：三河市华东印刷有限公司
字　　数：83千
开　　本：880mm×1230mm　1/32
印　　张：6.625
版　　次：2018年6月第1版
印　　次：2022年1月第3次印刷
书　　号：ISBN 978-7-5380-2957-4
定　　价：48.00元

内蒙古正蓝旗政协
文史资料丛书《上都散曲》
编 委 会

作百般新曲　抒上都情怀

——代序

斯　琴

内蒙古锡林郭勒盟正蓝旗是蒙元文化的发祥地，全区目前唯一的一处世界文化遗产元上都遗址便坐落在该旗境内。说到元上都自然离不开散曲。散曲是蒙元文化的重要组成部分，而蒙元文化又是草原文化的重要组成部分。草原文化与黄河文化、长江文化相互交融，共同造就了博大精深、源远流长的中华文化。作为蒙元一代文学的代表，元曲以其特殊的艺术成就，与汉赋、唐诗、宋词等文学体裁一样，共同铸就了灿烂的中国文艺历史星河。唐诗、宋词、元曲是中国古典诗词发展史上的三座里程碑，只有都发展了，才能实现完整意义上的传统文化复兴。

从元世祖忽必烈起，元朝实行两都制，皇帝每年都由大都巡幸上都。从四月到八月近半年的时间驻夏金莲川，来回两次行进在驿路上。胡助《题上京纪行》："煌煌两京城，关城阻千里。扈圣从邹枚，纪行富诗史。历历光景佳，洋洋赋雄丽。三都费十捻，洛下纸空贵。何如风雅编，歌咏太平世。"皇帝在驿路途中，一直有随扈的官员处理朝政，巡幸队伍就是行进中的朝廷。扈从官员和文人学士沿途所写的诗文和散曲，亲历亲见，言之有物，情景交融，给我们复制了塞外草原风情和历史文化，有着珍贵的历史意义和文化意义，是难得的文献性资料，留给了我们太多的历史积淀和文化享受。

2017年8月31日，中华诗词学会散曲工作委员会为正蓝旗中华散曲文化教育基地授牌，正蓝旗成为全国第二家、内蒙古首家中华散曲文化教育基地。为充分发挥中华散曲文化教育基地纪念先贤、启迪后昆的作用，正蓝旗政协以文史资料丛书的形式，组织有关人员编辑出版了《上都散曲》一书。该书是内蒙古地区首部正式出版的散曲作品集，具有不可替代的抛砖引玉之功。旨在坚持文化自信，让元曲这种完全独立、自成一体的文学形式在祖国文艺百花园中绽放出更加绚丽的光彩。这是一种责任，更是草原儿女应有的担当。

本书共收录散曲作品252首，其中包括元代4名曲作家直接描写元上都和被国家选入中学教材的4首散曲作品及旗内外26名作者创作的反映正蓝旗经济社会发展、人文自然风光、百姓生产生活等方面的散曲247首。另因元词《鹊桥仙·上都金莲》，不仅赞咏了上都金莲，且与元曲有同宗之处，故也一并按散曲作品收录于此。同时，书中还对元曲的来龙去脉、弘扬元曲的意义及正蓝旗在散曲事业发展上作出的成绩和贡献等方面进行了全面阐述和总结，起到了政协文史工作"存史、资政、团结、育人"方面的作用，凸显了以史为鉴、以史资政的政协特色，为外界更加充分地了解正蓝旗拓宽了渠道，政协工作的服务功能得到进一步延伸。

党的十八大以来，社会主义文化强国建设

迈出强劲步伐，有力地推动了中华诗词事业的繁荣发展。习近平总书记在弘扬中华诗词和传统文化上更是率先垂范，把诗情画意引入伟大的中国梦。强调"古诗文经典已融入中华民族的血脉，成了我们的基因"，并亲自赋诗添词引领一代风骚。在习近平总书记的系列重要讲话、文章中也常常是引经据典，让人们感受到浓浓的诗情画意，感受到中华优秀传统文化的美好和智慧。在这样一个大好形势下，正蓝旗旗委、政府坚持文化自信，将建设中华散曲文化教育基地作为传承中华优秀传统文化，彰显蒙元文化魅力，陶冶精神文明情操的系统工程，与文化强旗建设相结合，与旅游开发相结合，相互促进，相得益彰，为推进转型发展提供强大的精神动力与智力支持，实现了物质文明与精神文明的协调发展。

据中华散曲工作委员会统计，目前全国从事诗词创作的大军已有两百万之众，而从事散曲创作的也就一两千人。中华散曲事业的传承和发展，归根到底还是要靠人。从本书选编的正蓝旗作者的散曲作品中，我们欣喜地看到，其散曲作品原汁原味，洋溢着泥土的芬芳，贴近生活，有灵气，令人赏心悦目，有些散曲作品还在区内外报刊上公开发表过，引起了诗词界的关注和好评。另一方面，由于受诗词创作的影响，其中所收录的一些初创散曲作品，虽然都是按曲牌填的词，但作品调有定格、句有定数、字有定声，词的特点明显，缺少了惟妙惟肖、诙谐风趣、意味深长、亦韵亦白、格调悠扬等散曲作品应有的风格特点。也就是说，其作品如同"猫与虎"的关系，外观形似但实质不同，不能称之为曲，只能说是曲牌词。我们之所以将其一并收入，就是为了记录曲友们成长的脚步，虽然稚嫩，但乐于接受挑战，成长并快乐着。

作百般新曲，唱千年词章。正蓝旗散曲事业的传承与发展再一次告诉我们，优秀的传统文化本身有着无穷的魅力，令人只差一个爱上的机缘。作为中华散曲文化教育基地，正蓝旗将协同全国各地散曲组织和散曲爱好者，在继续学习研究元曲作家及作品的同时，通过自上

而下的共同努力，使散曲的创作和理论研究繁
荣起来，让散曲作者队伍壮大起来，不断开创
中华散曲事业发展新局面，共筑中华民族文化
百花园。

目　录

冯子振（2首）

冯子振，1257—1314，元代散曲名家，字海粟，自号瀛洲洲客、怪怪道人，今湖南攸县人。自幼勤奋好学。曾任承事郎、集贤待制。一生著述颇丰，传世有《居庸赋》《十八公赋》《华清古乐府》《海粟诗集》，以散曲最著，今存散曲小令44首，有42首鹦鹉曲是在元上都创作的。其中《【正宫·鹦鹉曲】松林》和《【正宫·鹦鹉曲】至上京》，是直接描写元上都及周边繁茂的大松林、榆树、大雁、李陵台等景物的散曲作品。

【正宫·鹦鹉曲】松林

冯子振

山围行殿周遭住，万里客看牧羊父。听神榆树北车声，满载松林寒雨。〖幺〗应昌南旧日长城，带取上京愁去。又秋风落雁归鸿，怎说到无言语处。

【正宫·鹦鹉曲】至上京

冯子振

澶河西北征鞍住，古道上不见耕父。白茫茫细草平沙，日日金莲川雨。〖幺〗李陵台往事休休，万里汉长城去。趁燕南落叶归来，怕迤逦飞狐冷处。

马致远（1首）

　　马致远，1250—1324，号东篱，一说字千里，元代著名散曲家、杂剧家。曲词豪放洒脱，与关汉卿、郑光祖、白朴并称元曲四大家，有"曲状元"之誉，元大都（今北京）人。其散曲《【天净沙】秋思》有景有人，用极有限的字句，塑造了丰富的意象，描写出了一幅绝妙的秋思图，被称为秋思之祖。该曲是元曲十大巅峰之作之一，收录于2017年国家新编初中语文教材中。

【天净沙】秋思

马致远

　　枯藤老树昏鸦，小桥流水人家，古道西风瘦马。夕阳西下，断肠人在天涯。

张养浩（1首）

　　张养浩，1270—1329，字希孟，元代著名政治家，散曲大家，今山东济南人，官至礼部尚书，参议中书省事。150多首散曲作品结集为《云庄乐府》，散曲多写归隐生活，怀古和写景之作也各具特色。其代表作《【山坡羊】·潼关怀古》，遣词精辟，形象鲜明，一颗忧国忧民心，怀古伤今，于浓烈的抒情色彩中迸发出先进思想的光辉，在元散曲乃至整个古典诗歌中，都是难得的优秀作品，被誉为元曲十大巅峰之作。该曲被收录于2017年国家新编初中语文教材中。

【山坡羊】潼关怀古

张养浩

　　峰峦如聚，波涛如怒，山河表里潼关路。望西都，意踌躇。伤心秦汉经行处，宫阙万间都做了土。兴，百姓苦；亡，百姓苦。

刘敏中（1 首）

刘敏中，1243—1318，字端甫，号中庵，元代文学家，今山东济南章丘人。曾任兵部主事、拜监察御史，著有《中庵集》。《全元散曲》录其小令二首，因该词《鹊桥仙·上都金莲》不仅赞咏了上都金莲，且与元曲有同宗之处，故收录于此。

鹤桥仙·上都金莲

刘敏中

重房自折，娇黄谁注？烂漫风前无数。凌波梦断几度秋，只认得，三生月露。川平野阔，山遮水护，不似溪塘迟暮。年年迎送翠华行，看照耀，恩光满路。

贾学义（4首）

　　贾学义，中华诗词学会副会长、中华散曲工作委员会副主任，内蒙古诗词学会会长，《内蒙古诗词》主编。著有诗集《奉和酬唱集》《贾学义诗选》。

【正宫·鹦鹉曲】
给草原艺术公社李国华夫妇

贾学义

金莲川上安家住，小两口雅母儒父。伴牛羊草绿花香，最喜和风濛雨。〖幺〗广交谊四海宾朋，又有客商来去。到如今曲韵悠扬，赞一个文缘火处。

2017年8月12日

【中吕·山坡羊】
正蓝旗中华散曲文化教育基地挂牌

贾学义

秋风呼唤，秋光陪伴，相携又至芳馨甸。觅

金莲，话蒙元，渊源文脉千年漫，谈笑尚知前路远。牌，今日悬；诗，明日繁。

2017年9月

【中吕·山坡羊】
正蓝旗草原与画家朋友意外重逢

贾学义

正蓝旗下，路边支架，金莲川遇同惊讶。刷枝杈，点平沙，满天云霞皆成画。笑说闷时来戏耍。人，真大家；图，不住夸。

2017年9月

【中吕·山坡羊】
草原艺术公社结缘流浪狗

贾学义

黑白光溜，形单体瘦，餐厅潜入寻残漏。任其游，有谁留？扔根短骨无多肉，相伴相依楼上宿。它，流浪狗；咱，忠义友。

2017年9月

张首贤（1首）

张首贤，中华诗词学会会员，内蒙古诗词学会常务副会长、内蒙古草原散曲社社长。著有诗集《紫塞行吟》。

【正宫·折桂令】
赴正蓝旗考察
中华散曲文化教育基地

张首贤

穿烟雨驰骋苍原，欲觅遗馨，破雾关山。五代京华，一川王气，迭起心澜。元上都迹呈往古，瀛洲客曲著名篇。学士吟酣，鹦鹉歌旋，故地传承，追念前贤。

（该曲刊发于2017年8月15日《内蒙古诗词》草原散曲增刊）

田学臣（18首）

田学臣，中华诗词学会会员，内蒙古诗词学会副会长、内蒙古中华散曲文化教育基地首席顾问，锡林郭勒盟草原文化促进会会长。擅长书法、摄影和诗词创作。著有书法作品集《元代诗词曲——上都杂咏百首》。前七首散曲作品选自作者诗集《马都之韵》，该书2017年1月由内蒙古人民出版社出版发行。

【越调·天净沙】村曲

田学臣

秋高水绿霓霞，草低风卷山洼，老院重修汗洒。新村新话，梦游康定人家。

2016年10月10日

【越调·天净沙】草原冬季那达慕

田学臣

冰天雪舞晶花，憨驼蹄隐流沙，牧调声召快马。风光如画，草原畅想繁华。

2016年11月30日

【越调·天净沙】冬韵

田学臣

苍榆阔野追霞，远山残雪飞花，塞上挥鞭纵马。烟消声罢，牧人直向天涯。

2016年12月

【双调·清江引】乡思

田学臣

香飘哈达亲碧野，故里听春雀。心邀夙梦携，跃马扬鞭切，痴情不惜身献血！

2016年12月2日

【双调·清江引】牧归

田学臣

夕阳落山鞭正赶，鹊起声不断。脱掉身上寒，祈祷心头愿，高饮几盅人顿暖。

2016年12月7日

【双调·清江引】咏梅

田学臣

枝枝艳梅生傲骨，雪上清香吐。春晖待雨读，情痴听风诉，绮丽锦中迎绚舞。

2016年12月9日

【双调·清江引】咏金莲川诗词奖

田学臣

根扎草原情致远，岁岁金莲绽。诗吟大漠篇，风领千山绚，征歌曲中识慧眼。

2016年12月11日

【天净沙】滇池拾趣

田学臣

清风摆柳飞霞，海鸥激浪拍崖。野岸游人遛马。辉天山下，遍瞧红土名花。

2017年3月27日

【天净沙】九乡览翠

田学臣

千山翠鸟红花，九乡溶洞青峡。曲径石桥玉瓦。吟诗描画，瀑听崛起中华。

2017年3月28日

【天净沙】石林游兴

田学臣

奇石怪洞幽峡，艺园浓墨名家。远客清风看傻。穹窿生画，路欢欣尽飞涯。

2017年3月31日

【天净沙】中天遐想

田学臣

蓝天瀚海飞云，坦途迓客游春。普洱格桑嫩笋。欣逢鸿运，欲开时代征轮。

2017年4月1日

【天净沙】搏浪争春

田学臣

蓝天碧水薄云，海鸥白浪争春，塞外明珠俊隽。心携鸿运，再登时代征轮。

2017年4月7日

【正宫·鹦鹉曲】上都怀古地

田学臣

龙魂不散青山住，整日里只伴樵父。朔风中喜鹊谈天，不见宫歌红雨。〖幺〗吊烟消断壁残垣，紧锁剑眉归去。恋松涛夜雨平沙，跨骏马驰云起处。

2017年8月

【正宫·鹦鹉曲】上都杂咏

田学臣

清风明月穹庐住，过往客谒拜元父。猎鹰飞刺破天山，揽尽川流酥雨。〖幺〗忆元都古韵霓霞，不忍一时离去。喜今朝美梦成真，凤鹤舞金龙起处。

2017年8月

【正宫·鹦鹉曲】花开花落

田学臣

　　平川湿地金莲住，盛夏里笑对君父。艳阳中一曲琴声，再赏云浓飞雨。〖幺〗忆经年往事悠悠，抖落艳时归去。待清霜雪后黎明，摄满眼晶莹暖处。

2017年8月

【正宫·鹦鹉曲】咏草原艺术社

田学臣

　　金莲时节城东住，万里客拜牧羊父。笑谈

间展艺留心，一见风流如雨。〖幺〗赞名师妙笔生晖，览尽上都归去。彩霞中锦色缤纷，度老树春深雅处。

2017年8月

【正宫·鹦鹉曲】咏老牛湾

田学臣

飞云千里牛湾住，去日里累坏耕父。大荒中一副牛犁，只盼云稠酥雨。〖幺〗怨苍穹泪水休休，苦掉一年离去。恨无收错怪天公，怎耐得黄尘起处。

2017年8月19日

【正宫·鹦鹉曲】艺园飞绪

田学臣

　　重来公社初冬住, 恰做了白发园父。望龙岗脉脉含情, 往事纷呈如雨。〖幺〗雪飞天意在何为? 写满学楼归去。恋元都万古流芳, 赏曲韵绵长雅处。

2017年11月15日

康　福（3首）

康福，中华诗词学会会员，内蒙古诗词学会副会长，著有诗集《观潮集》。所选散曲刊发于2017年8月15日《内蒙古诗词》草原散曲增刊。

【中吕宫·鹦鹉曲】上都怀古

康　福

　　莲川风雨何曾住，悠悠往事问樵父。想当初闪水濯缨，龙马穿行烟雨。〖幺〗景阳官方万国朝仪，锦旆四时来去。岂知它铁桶江山，竟也是英雄了处。

【中吕宫·鹦鹉曲】李陵台怀古

康　福

　　忠良三世英名住，败陇塞嬗变蛮父。望征鸿尺素全无，泪洒襟袍如雨。〖幺〗悔当初年少轻狂，陷虏锁身难去。纵然他锦帐娇妻，竟也羡苏卿隐处。

【中吕宫·鹦鹉曲】上都神榆

康 福

巍然千载莲川住，惯看闪水钓鱼父。呼啦啦甩出疏罾，网起一船风雨。〖幺〗看残垣委地深埋，昔日炫煌何去？唱渔歌扯片霞帆，径捣那仙家饮处。

吴建庆（3 首）

吴建庆，现在内蒙古正蓝旗党校工作，内蒙古诗词学会会员，正蓝旗诗词学会常务副会长，有诗词作品在《锡林郭勒诗词》《上都诗刊》上发表。

【天净沙】春分

吴建庆

老树春分新芽，天下国是小家，道路东风骏马，朝阳洒下，再谱奋斗生涯。

2018年3月21日

【天净沙】春日

吴建庆

白沙新草斑斑，原野雪水潺潺，塞上早春还寒，一声归雁，白云绿水青山。

2018年3月21日

【天净沙】春行

吴建庆

马头琴响人家，互联网结天下，时代巴特尔多，元都城下，养牛发电治沙。

2018年3月21日

郭海鹏（2首）

郭海鹏，中华诗词学会会员，内蒙古正蓝旗上都诗词学会副会长兼秘书长，正蓝旗文联《金莲川记忆》编辑，著有《我的家乡正蓝旗》。

【中吕·山坡羊】蒙古长调

郭海鹏

蒙古长调,音域奇妙,祝福思乡余音绕。入云霄,淖旁笑,恍入天籁出人料,引出草原百灵鸟。唱,也用心;听,也用心。

(该曲刊发于2018年4月16日《锡林郭勒日报》锡林河文艺副刊)

【中吕·山坡羊】妻子的微信

郭海鹏

秋冬春夏，酸甜咸辣，饭菜做熟微信发。把夫叮，儿女听，路上开车慢点行，门铃声声眉梢展。昨，笑语扬；今，肴更香。

2017年12月28日

柴秀娥（62首）

柴秀娥，女，笔名白云，内蒙古正蓝旗哈毕日嘎镇庆丰村农民，内蒙古诗词学会会员，《中国诗歌报》内蒙古工作室业余选稿编辑。曾在《文学月报》《内蒙古诗词》《北方新报》《锡林郭勒日报》《锡林郭勒诗词》《上都诗刊》《言志诗词》《东方散文》《巴彦淖尔诗词》等报刊上发表过诗词、散曲、诗歌和散文，诗歌《草原的诱惑》入选2018年第三届全球华语（内蒙古）诗歌春晚《诗选》，是正蓝旗第一个公开发表散曲作品的本土诗人。其作品《七律·草原新曲》获2017年全旗"草原儿女心向党·美丽家乡正蓝旗"诗词征文二等奖，诗歌《草原序曲》获2017年全盟首届"富德生命人寿杯"诗书画联评展评二等奖。2017年12月29日，在正蓝旗委宣传部主办的"追历史足迹·颂家乡河山·伴旅游同行"主题演讲比赛上，全体参赛选手在活动最后集体朗诵了柴秀娥应邀专门创作的组诗《跟我一路北上》。

【双调·殿前欢】人文锡林

柴秀娥

美锡林，波波草海泛诗音，惹得众笔争相应，题画如新，夕阳巧点金，长歌引，一路花香醉，人文与景，自古书亲。

（2017年6月17日写于锡林浩特市，该曲刊发于2017年12月第二期《锡林郭勒诗词》）

【天净沙】土豆花

柴秀娥

田园两亩春种，雨露光照足充。土豆花飞色弄，粉白重，招来蝶舞香浓。

（该曲刊发于2017年12月第二期《锡林郭勒诗词》）

【正宫·小梁洲】贺正蓝旗中华散曲文化教育基地挂牌

柴秀娥

秋风染透上都妆，谷麦飘香。金莲草海牧牛羊。栾川美，处处蕴诗章。〖幺〗银光字匾词牌亮，聚儒家，笔墨铿锵，元曲扬。文兴旺，民情激昂，巨作入华纲。

2017年8月31日

【双调·清江引】草原即景

柴秀娥

煦风染翠千里海，牧马逐云啸，苍穹飞鹰远眺，莽岭突横峭，天河浪清九曲绕。

（该曲刊发于2017年8月15日《内蒙古诗词》草原散曲增刊）

【仙吕·一半儿】元上都博物馆偶思

柴秀娥

满眼文物示前朝，铁马金鞍银压条，龙柱玉壶呈帝豪。箭和矛，一半弯弓一半挑。

（该曲刊发于2017年8月15日《内蒙古诗词》草原散曲增刊）

【天净沙】农家院

柴秀娥

鸡鸣日起晨歌，小村依岭临河，几亩瓜蔬伴我，光阴闲过，几人有此生活。

（该曲刊发于2017年8月15日《内蒙古诗词》草原散曲增刊，2017年12月第二期《锡林郭勒诗词》）

【仙吕·寄生草】诗瘾

柴秀娥

童时景，喜读书。清贫年代青春误，执着少小勤习苦，田边地沿学诗赋。劳余也将曲词涂，不求利禄安心度。

（该曲刊发于2017年8月15日《内蒙古诗词》草原散曲增刊）

【中吕·醉高歌】感怀

柴秀娥

浮沉世事经年，碌碌无为意倦，偷寻静匿幽别院，慢把诗情聚敛。

（该曲刊发于2017年8月15日《内蒙古诗词》草原散曲增刊，2017年12月第二期《锡林郭勒诗词》）

【中吕·普天乐】贺湖北散曲社成立

柴秀娥

沿长江，观薄雾。身临画境，群客挥毫。巨匾悬，诗词著，先大吕黄钟度。曲迎秋，吟诵民俗。佳文更出，长歌作赋，似锦蓝图。

2017年9月18日

【中吕·山坡羊】草原秋景

柴秀娥

湖泊秋水，流云如浪，天边雁字叙南向。草原妆，褐微黄，长歌引调苍穹荡，勒马北坡扬鞭唱。风，爽而凉；天，露且霜。

2017年10月1日

【双调·天香引】颂十九大

柴秀娥

京华瑞兆吉祥，国定民安，盛会开章。新策惠农，帮抚除障，齐志图强。看海天红旗冉，听边关凯乐扬。大业伟纲, 不负期望, 再铸辉煌。

2017年10月21日

【南吕·四块玉】中国风

柴秀娥

塞北风, 江南雨, 五谷熟浓情醉乡里。原上牧野飞金曲, 政通民意齐, 众手舞大旗, 九州同梦依。

2017年10月31日

【行香子·天命吟】人过中年

柴秀娥

人过中年, 似月勾弦。渐亏空, 瘦去姿颜。纹痕故事, 鬓染霜天。志未达成, 心休已, 梦难圆。

神迟不悟，意懒旁观。热情无，随了尘缘。书中寄宿，酒里寻欢。等闲时光，哭时退，笑时前。

2017年11月2日

【正宫·小梁州】草原景

柴秀娥

天高云淡雁南旋，褐色川原。牛羊散落四野宽，山岭黛，一路远连天。〖幺〗新村房舍缀苍原，牧人居家水电全。联网通，民生安。民族携手，齐心永并肩。

（该曲刊发于2018年4月16日《锡林郭勒日报》锡林河文艺副刊）

【大石调·初生月儿】散曲培训

柴秀娥

蓝旗又开散曲堂，友聚同研元令章。共承华夏咏调长。韵声扬，传远方，挥毫妙篇绽梅香。

2017年11月13日

【天净沙】宿草原艺术公社

柴秀娥

冬来雪落川原，日叙风裹苍山，艺社迎儒客满。抒章敲段，诗情燃，曲连连。

2017年11月14日

【双调·庆宣和】塞北雪

柴秀娥

原上初冬观雪飘，其景妖娆，寻赋闲游自逍遥，醉了，醉了。

2017年11月15日

【中吕·醉高歌】暖冬

柴秀娥

天高云淡冬晴，川北难寻雪景。河流未改奔腾样，雏菊灿然傲风。

2017年11月16日

【仙吕·太常引】上都曲

柴秀娥

初来公社沐书香，咏赋诗章，喜瑞雪银妆，书龙岗鹰旋浩苍。〖幺〗上都古迹，史留律韵，看牧野苍茫，落笔尽沧桑，曲曲赞情深故乡。

（该曲刊发于2017年12月第四期《巴彦淖尔诗词》）

【中吕·迎仙客】冬日情思（新韵）

柴秀娥

才立冬，起北风，河岸老榆枝叶空。草枯黄，飞雪轻，马背歌声，勾起儿时梦。

（该曲刊发于2017年12月第四期《巴彦淖尔诗词》）

【中吕·迎仙客】乡村冬闲

柴秀娥

雪漫飞，冷风吹，地冻天寒无可为。聚牌桌，邀酒局，终日颓靡，把好光阴废。

2017年11月21日

【双调·庆宣和】
七唱习近平总书记回信了

柴秀娥

一

雪落高原鸿雁来，笑语轻拆。励牧人文艺花开，靓彩，靓彩。

二

跃马川原能做台，演绎民怀。疆北戈滩到边塞，喜爱，喜爱。

三

盛世春风文艺栽，牧民称快。歌舞生活最期待，盼来，盼来。

四

博爱人民常表怀，曲艺摇篮。一代精神再一代，美哉，美哉。

五

来到高原大舞台，欢快节拍。牧曲长歌更精彩，奏凯，奏凯。

六

复信叮咛话未来，继往思怀。永做骑兵草原爱，莫改，莫改。

七

红色轻骑唱起来，民意抒怀。政通人和更豪迈，记载，记载。

（该曲刊发于2017年12月第二期《锡林郭勒诗词》）

【仙吕·一半儿】乡村秋景

柴秀娥

田头五谷正飘香, 割打抢收人倍忙, 场院平平堆晒粮。喜洋洋, 一半儿归仓, 一半儿晾。

2017年12月2日

【正宫·双鸳鸯】杀猪菜

柴秀娥

入冬天, 快逢年。一刀肥膘新肉鲜。酸菜炖浓烧酒满, 亲朋好友正言欢。

2017年12月2日

【中吕·喜春来】新年赋

柴秀娥

几只欢鹊枝头唱，数朵红梅干上昂，一冬终去始春长。银漫降，瑞兆满坤扬。

2017年12月6日

【双调·拔不断】瑞雪图（新韵）

柴秀娥

雪花飘，甚逍遥，银妆天地吉祥兆。几树红梅更美娇，一双鹊鸟枝间闹。送来喜报。

2017年12月8日

【黄钟·贺胜朝】咏元上都

柴秀娥

咱这边，古都垣，空碧蓝，喜鹊高歌红柳滩。微风徐徐漫草原，游人远到金莲川，观龙岗宿滦岸歌酒赋欢。

2017年12月15日

【黄钟·贺胜朝】塞北雪

柴秀娥

冬月寒，雪花旋，如梦般，素裹银妆千里原。河封冰延接远山，轻摇树挂琼花妍，羊群过马蹄缓诗里画苑。

2017年12月15日

【黄钟·节节高】上都遗址

柴秀娥

北横龙岗，青山叠嶂。城垣旧址，悄然北旷。青史章，中华库，入典藏，注世遗千古芳。

2017年12月16日

【中吕·一半儿】冬夜闲赋

柴秀娥

时逢雪夜灯影长，闲弄文词赋新章。炉火煨温杯酒浆。细斟尝，一半儿诗情一半儿香。

2017年12月19日

【双调·庆宣和】农闲

柴秀娥

又进隆冬数九天，飞雪风寒，塞上农家自多闲，懒散，懒散。

2017年12月24日

【双调·步步娇】农家夫妻

柴秀娥

携手同行十八载，贫富均无碍，共勉来，耕种粮田育娇孩，两无猜，相伴农家爱。

2017年12月24日

【中吕·山坡羊】老有所依

柴秀娥

八旬老父，驼腰迟暮，不分昼夜痴呆度。总迷糊，更糊涂。不知冷暖随儿住，老有所依终不苦。出，有子扶；入，炕热乎。

2017年12月24日

【正宫·双鸳鸯】醉酒

柴秀娥

酒杯干，话千般，絮絮叨叨破事翻，谷子芝麻都磨烂，倒来歪去讨人嫌。

2017年12月26日

【中吕·喜春来】激情广场

柴秀娥

国逢盛世民安乐，广场街头舞劲歌，红绸荡漾起春波。文艺热，丰富好生活。

2017年12月30日

【中吕·上小楼】初恋

柴秀娥

春风又扬，草川原上。飞马回眸，邻里哥郎，少女情长。水岸旁，细整妆。美娇模样，半边羞涩偷偷望。

2018年1月1日

【中吕·普天乐】迎春

柴秀娥

爆竹声,烟花映。楹联贴上,灯火通明。饺子盘,年糕饼。美酒佳肴同欢庆。祝安康,共享昌平,家家幸福,人人快乐,日子安宁。

2018年1月3日

【黄钟·贺圣朝】和谐草原年

柴秀娥

六九天,雪花飘摇若仙。塞上迎春祥瑞天。宰羊杀猪过大年。蒙汉举酒同欢,话明天国泰安。

2018年1月14日

【仙吕·一半儿】塞北

柴秀娥

北国万里雪花飘,千岭延绵着素袍,奔马一骑呼牧调。看江河,一半儿苍茫,一半儿娇。

（该曲刊发于2017年12月第二期《锡林郭勒诗词》）

【双调·殿前欢】再游上都

柴秀娥

草原风,芬芳随你上都行,金莲开处极目明,日月之精。牛羊闲散漫川景,骏马踏波嘶鸣,水岸老榆根正,佳境遗址,遗址佳境。

（该曲刊发于2017年12月第二期《锡林郭勒诗词》）

【双调·风入松】梦母

柴秀娥

五更甜梦涌粥香，恍然见亲娘，盈盈笑脸桌边放，品一品，满嘴留香，不小心溅地上，猛惊醒泪成行。

2018年1月18日

【中吕·普天乐】新年

柴秀娥

雪花飘，梅香醉。神州大地，华夏春回。辞旧年，迎新岁。美酒斟来佳肴味，宴亲朋，祝愿包围，观篝火红，听春晚会，福禄长随。

2018年1月21日

【仙吕·三番玉楼人】欢乐年

柴秀娥

爆竹声声响，村镇过年忙。挂起灯笼喜气涨。篝火红红旺。饺子香，酒杯尝，叙家常。笑言福满堂。老安少强，新年吉祥。团圆幸福长。

2018年1月31日

【中吕·喜春来过普天乐】感怀

柴秀娥

新春总将童年忆，节至常思往事提。娘亲忙着细裁衣，身上比。心里盼除夕。（过）又回村，人烟稀。几只鹊鸟，枝上栖息。老旧屋，没荒底。断壁残垣缺生气。走一圈，转遍东西，留守几人，孙儿爷奶，相伴相依。

2018年2月5日

【中吕·喜春来过普天乐】新春絮语

柴秀娥

春风送暖催花绽，细雨飞丝润草鲜，清波荡柳漫雾烟。飞燕还，廊下细呢喃。（过）聚诗家，吟诗苑，千红万紫百花娇艳。笔墨浓，情怀满，美韵华章多呈现。赞和谐，盛世明天。携手向前，同书共庆，再开鸿篇。

2018年2月8日

【中吕·卖花声】闹元宵

柴秀娥

红灯照亮元宵夜,爆竹燃明喜乐节,灯谜秧歌转满街,欢声笑语,民情浓烈。享和年,共吉祥月。

2018年3月2日

【双调·拨不断】春景

柴秀娥

暖风吹,白云飞,柳芽吐绿桃苞蕊。紫燕廊前雀戏随。农人耕种佳期贵。把握住这春光美。

2018年3月15日

【沉醉东风】春风颂
（有感全国两会）

柴秀娥

三月里春雷乍响，九州人盛会开章。荐策忙，民生想。众明志大展宏图，群献计圆梦铸煌。手挽手，明天更强。

2018年3月15日

【黄钟·人月圆】草原美

柴秀娥

金莲草海连天际，龙岗接云梯。马驹欢跳，羊羔嬉戏，乳酒扑鼻。〖幺篇〗春风又起，丹花艳丽。碧水清溪。百灵欢唱, 毡房梦里, 意旷神怡。

2018年3月22日

【双调·沉醉东风】中华春

柴秀娥

日边紫霞华彩涨, 海上征帆凯歌扬。大地春, 和风荡。九州云腾巨龙翔, 华夏同心道路长, 大步向前圆梦想。

2018年3月22日

【庆宣和】乡村小广场

柴秀娥

二月和风春意浓, 尚未农耕, 几组村民兴趣同。动工, 动工。

政府支持民众拥，老少集中。娱乐设施多扩充，好评，好评。

月上枝头人有空，慢步同行，个个都像熟面孔。笑容，笑容。

广场平平人影重，鼓乐隆咚。劲舞欢颜彩灯红。正浓，正浓。

2018年3月23日

【中吕·卖花声】塞外风光

柴秀娥

张家口外风光好，塞外高原涌碧涛。天边霞染彩云飘。金莲举盏，红雁鸣叫，最怡人，乳香长调。

2018年3月25日

【越调·天净沙】小扎格斯台淖尔

柴秀娥

沙州古榆遮阴，碧湖候鸟成群，湿地花开似锦，乳香飘近，远闻呼麦声音。

2018年3月26日

【中吕·山坡羊】草原春色

柴秀娥

和风送暖，北飞鸿雁。行行队队栖湖岸。柳芽软，杏花鲜。春草吐绿天涯染。碧水游鱼波底现。心，画里面；情，画里面。

2018年4月1日

内蒙古诗词学会散曲中心群专家点评：此曲

为我们呈现的是一幅草原春色图画。最引人注目的是北归的大雁，一行行，一队队，在湖边歇脚。而湖边的柳和杏，也都生花、开放起来。湖水清澈见底，能看到鱼儿在波底游动。朴实的话语里，蕴含着无限的情思，曲的余味悠长。

【中吕·山坡羊】上都古迹

柴秀娥

上都古迹，草原圣地。延绵龙岗连天际。址残遗，史清晰。金戈铁马消声寂，蒙元传承源这里。人，诱惑你；文，诱惑你。

2018年4月1日

【双调·步步娇】盼

柴秀娥

塞外风和吹来缓，偶有回归雁。日渐暖，老树枯枝青叶返。绿初展，原上春意满。

2018年4月7日

【中吕·山坡羊】赞农妇

柴秀娥

身居乡下，种植庄稼。耕播细做忙春夏。育孩娃，养鸡鸭，垄葱栽蒜黄瓜架。勤俭持家邻里夸。春，面似花；秋，笑似花。

2018年4月7日

【越调·天净沙】中国梦

柴秀娥

神州又展旌旗，中华呈现生机，跃马扬鞭万里。春风和煦，挥毫再写传奇。

2018年4月9日

【中吕·山坡羊】草原艺术公社

柴秀娥

上都水岸，金莲盛艳。绿波花海一文苑，引儒贤，绘佳篇，画中归牧牛羊现。奶酒迎宾情意暖。来，情畅然；回，心眷恋。

2018年4月10日

【中吕·山坡羊】春耕

柴秀娥

桃红坡上，柳芽初放，枝头雀鸟欢声唱。备耕忙，选肥良，铁牛翻土开新壤，农补惠植人人享。春，多种粮；秋，收满仓。

2018年4月12日

【正宫·醉太平】过李陵台

柴秀娥

川原高筑台，千里梦徘徊。鸿鸟几度泣声哀，苏郎有节史册排，李陵无奈声名败，情断关山外。诗家有意赋由来，古今多感慨。

2018年5月15日

【正宫·醉太平】草原休牧

柴秀娥

牛羊圈养,草料开仓,精心饲喂倍加忙,膘肥肉长。水源植被需修养,保持生态天然样,蝶飞鸟唱雁飞翔,自然共享。

2018年5月18日

刘海林（55首）

刘海林，女，曾用名刘海玲，内蒙古正蓝旗那日图苏木葫芦斯台嘎查牧民，锡林郭勒盟诗词家协会会员，笔名静雪，在《内蒙古诗词》《锡林郭勒日报》《锡林郭勒诗词》《上都诗刊》《巴彦淖尔诗词》等报刊上发表过诗词、散曲和散文。诗歌《我的家乡》在2018年内蒙古自治区党委宣传部、内蒙古文学艺术界联合会主办，内蒙古作家协会承办的"原野放歌·首届农牧民诗歌大赛"评选中获得优秀奖。她对散曲的理解是"元曲来自民间，原是用来说唱的，所以最好用口语"。草原东方散曲群指导老师认为刘海林的散曲作品有情怀、有寄托、有感慨，文风简练从容，通俗易懂，意境出彩。

【正宫·小梁州】草原金秋

刘海林

秋霜又至草发黄,打草匆忙。机器轰轰原上响,刀经过,草趟顺成行。〖幺〗牧民汗水滴滴淌,野花香天荡云祥。南雁飞,声声唱。登高遥望,坡上憩牛羊。

(该曲刊发于2017年12月第二期《锡林郭勒诗词》,2018年4月16日《锡林郭勒日报》锡林河文艺副刊)

【正宫·小梁州】
贺正蓝旗成为
中华散曲文化教育基地

刘海林

　　清秋八月好风光，天降吉祥，蓝旗牧场曲飞翔。心花放，喜气再飘扬。〖幺〗你来我往精神畅，草原岗，正绽菊芳。研墨香，齐欢唱，诗词添曲，贤俊聚一堂。

　　（该曲刊发于2017年12月第二期《锡林郭勒诗词》）

【中吕·红绣鞋】喜迎十九大

刘海林

雪洒江山多娇，风扬国旗更飘。炎黄儿女聚京笑，为国强导航。逐伟业新高，载千秋梦好。

2017年10月18日

【中吕·醉高歌】霜降

刘海林

今逢霜降秋寒，残叶枯枝尽揽。无眠一夜遥遥盼，鸿雁传书又晚。

2017年10月23日

【南宫·金字经】雪花（新韵）

刘海林

又是花开好，冷风吹乱飘，疑似梨花飞九霄。瞧，纷纷挂树梢。枝头俏，此花冬更娇。
（该曲刊发于2017年12月第四期《巴彦淖尔诗词》）

【中吕·醉高歌】无题

刘海林

炕桌几本诗书，闲空家中赋谱，萝卜白菜加羊肚，放粉条香菜煮。

小词还未添熟，炖菜锅中又捂，添些小辣加些醋，酒菜加诗酷否？

搜肠刮肚词无，落笔新词尽数，改来改去重新悟，还是词词错谱。

2017年11月5日

【越调·天净沙】听课

刘海林

苍风扫叶天凉，草原飘雪诗香，曲课田师细讲。师生畅想，词无界曲无疆。

2017年11月14日

【越调·天净沙】
参观正蓝旗中华散曲文化教育基地

刘海林

苍天洒落梨花，草原来往诗家，曲赋词墙画马。红砖托瓦，上都人咏华夏。

【仙吕·寄生草】狐狸（新韵）

刘海林

沙丘下，宿野狐，沙鸡野兔全溜掉。抬头鸦鹊枝头叫，声声句句都嘲笑。平时让你耍奸猾，结交朋友没人要。

（该曲刊发于2017年12月第四期《巴彦淖尔诗词》）

【南吕·四块玉】观习箭（新韵）

刘海林

手持弓，轻搭箭，双脚平行莫出沿，眼瞄前方点和线。弓更弯，技更娴，程更远。

2017年11月16日

【天净沙】观摔跤（新韵）

刘海林

草坪再看摔跤，一双老少英豪。你绊我磕又倒，众人呼好，再重来笑声高。

2017年11月16日

【中吕·迎仙客】赠红霞（新韵）

刘海林

昨夜风，啸呼声。辗转寐无难忘恩。踏归程。学友情，共话乡声，圆我思家梦。

2017年11月21日

【仙吕·寄生草】观赛马

刘海林

黑鬃马,彩色袍,(小伙儿)短鞭手握来签到。一排排好听吹哨,哨声一响冲跑道。如飞快马喜扬尘,夺得头彩齐欢笑。

2017年11月23日

【中吕·迎仙客】自述

刘海林

本牧民,草原行,种地养牛劳作勤。苦经营,诗曲吟,笔墨虽平,好写令。

2017年11月24日

【双调·皂旗儿】小女孩（新韵）

刘海林

偶遇前村小娇娃，（戏问）谁家？歪头眨眼不回答。咦，伸手拽妈妈说怕。

2017年11月24日

【双调·步步娇】偷苹果（新韵）

刘海林

逃课爬墙偷苹果，手晃枝摇落，还不多。大伙商量不漏说，怕挨捉。哪敢承担错。

2017年12月3日

【一半儿】摆家家（新韵）

刘海林

你拾柴我捡石头，东垒锅台西放肉。满身是泥活似猴，破衣兜。一半儿男娃，一半儿妞。

2017年12月3日

【正宫·双鸳鸯】冬季牧归

刘海林

朔风吹，雪花飞，喜鹊花狍也凑堆。炉火炖出牛肉味，夕阳西下牧人归。

热茶杯，炕桌围，小菜饽饽老酒煨。抱起女儿呼宝贝，转身妻子笑微微。

2017年12月5日

【中吕·喜春来】雪（新韵）

刘海林

干干净净空中降，冷冷清清伴天凉，洋洋洒洒送吉祥。春梦想，冬日绽芬芳。

风吹窗外银花荡，对镜梳妆又现霜，残冬腊月漫思长。愁绪涨，白雪嗅梅香。

2017年12月7日

【中吕·喜春来】发小聚会（新韵）

刘海林

儿时伙伴重相见，互曝当年糗事翻，曾经谁把纸条传。胡乱侃，嬉笑畅言欢。

2017年12月7日

【中吕·喜春来】忆上学（新韵）

刘海林

书包沉重西风寒，可怜同学无厚棉，步行到校老师难。煤又减，手冻有谁怜。

2017年12月7日

【醉太平】诗友（新韵）

刘海林

今日上都，地阔云舒，草青鸟咕。莲金菊紫如星布，诗友相聚吟词赋，画家彩笔描图。

2017年12月24日

【中吕·醉高歌】读平凡
(《醉酒》续曲)

刘海林

吵完各自回家,还怕东狮棒打,擦擦厨房搓搓褂,挨训装聋作哑。

附:平凡《【中吕·醉高歌】醉酒》三杯脏话开匣,有辱文人典雅。楼头楼底分高下,都是装疯卖傻。

2017年12月24日

【中吕·普天乐】迎春

刘海林

朔风吹，阳光灿，桃花正艳，紫燕双欢。柳絮飘，芦芽短，湖水青青轻舟缓。黑土沃田，农夫笑脸，屋顶炊烟。

雪人堆，儿童闹。左邻右舍，喜乐陶陶。好景年，丰收兆，七彩烟花连珠炮。饺子熟，酒肉香飘。结伴同行，亲朋问好，同庆今朝！

2017年12月24日

【中吕·鹦鹉曲】悠思

刘海林

年年四季交接忙，拨动以往梦一场，梦中

流淌泪两行。恨把你重想。〖幺〗醒凄凉梦也沧桑,盼曙光重现,忘忧伤绽放花香。愿你更安康永享。

(该首散曲发表于2017年第四期《内蒙古诗词》)

【黄钟·人月圆】家乡

刘海林

浑善达克黄沙漫,榆老绿枝缠。小河西去,草青花艳,淖里鱼欢。(幺)天高地阔,鸟飞云逸,牛马怡然。柳条舒展,羊群星布,奶肉新鲜。

注:善处应平,因此处为地名,不宜改,故仄。

2018年1月14日

【正宫·双鸳鸯】相思

刘海林

朝相思，暮相思，望断天涯汝可知。彼处云霄披彩日，盼成花彼岸开时。

（该曲刊发于2017年12月第二期《锡林郭勒诗词》）

【正宫·双鸳鸯】雁南飞

刘海林

雁南飞，雁南飞，南雁声声远又归。往事悠悠人未寐，随风散去化成灰。

（该曲刊发于2017年12月第二期《锡林郭勒诗词》）

【中吕·醉高歌】中秋望月

刘海林

中秋圆月清辉，又照西厢映碧，吴刚砍树声声脆，怎惹嫦娥泪悔。

（该曲刊发于2017年12月第二期《锡林郭勒诗词》）

【中吕·红绣鞋】重游故园

刘海林

风掩青帘又卷，云遮冷月未圆。今黄昏踏雪游园，唯一人不见。剩冻柳寒烟，前方程路远。

（该曲刊发于2017年12月第二期《锡林郭勒诗词》）

【双调·风入松】腊八粥

刘海林

早晨生火把粥熬，先把米来淘。豆子几种锅中倒。水开后，小火轻烧。老少桌前坐好，清香味沁山坳。

2018年1月19日

【中吕·普天乐】过年

刘海林

雪人堆，儿童闹，左邻右舍，喜乐陶陶。好景年，丰收兆，擦净玻璃房间扫。饺子香，糖果年糕。家宴举杯，共同欢庆，雨顺风调。

2018年1月21日

【南吕·干荷叶】喂牛料

刘海林

天刚亮, 扫槽仓, 精料先添上。发沾霜, 手冰凉, 寒天雪地喂牛忙。(个个) 争抢甜香样。

2018年1月21日

【正宫·塞鸿秋】新年

刘海林

年关父母儿孙盼, 早晨备好团圆饭。鸡鸭鱼肉鹌鹑蛋, 忙前忙后团团转。(儿童) 兜揣压岁钱, (院中) 炮响三更半。欢声笑语亲情漫。

2018年1月23日

爱恋曲（新韵）

刘海林

儿时同在村头住，一起和泥捏丑猪，石当菜板地为厨。天过午，妈叫不回屋。

北风呼，旧年除，牵手爬山赶路途。学校离家三里远，互相做伴去读书。

梨花洒过雪花簌，大地绘银图，崎岖山路蒿石阻，摔倒我来扶。妹，有哥莫啼哭。

小学毕业中学录，忽略身边小妹妹，课余还在算乘除。寒冬酷暑埋头读，只知功课不能误。

考场露锋试卷铺，疾书！通知录取入市塾。牛！从此进城登仕途。

（送到）村头停脚步，（两人）始诉互倾慕。今生有你我知足，不可今生负。

谁料世间苦事出，小妹传书，父母强逼嫁

君夫,救吾,救吾!

神色凄怆西风鸣,还是迟一步! 伤透吾, 小妹婆家住东苏。泪如珠,哀怨同谁诉。

擦干泪,回城处,往事涌,痛心伤骨,走失爱情谁慰抚。各南北,从此天涯路。

三十年后踏归途,偶遇当年心上人,犹忆当年村陋俗,恨当初,一半懵懂,一半儿苦。

注: 该曲分别由【中吕·喜春来】【正宫·双鸳鸯】【仙吕·游四门】【中吕·卖花声】【双调·皂旗儿】【中吕·快活三】【双调·庆宣和】【双调·步步娇】【双调·落梅风】和【仙吕·一半儿】十个小令曲牌组成。

2018年2月11日

【双调·庆宣和】除夕夜

刘海林

夜半分年一岁高,旺旺财招。花炮霓虹彩

街照，进宝，进宝［鼓掌］。手点机屏写祝谣，喜乐陶陶。共庆新春狗年到，祝好，祝好［抱拳］。

2018年2月15日

【双调·沉醉东风】浑善达克之春（中华新韵）

刘海林

漠北惊蛰春意寒，夜来白雪压枝残。冰欲融，风转暖。草萌动欲显新衫，杏未开犹待绽颜，诗入画春晖尽展。

2018年3月15日

【一半儿】蓝旗榆（新韵）

刘海林

生来质朴志挺坚，荒漠扎根犹不嫌，嬉笑迎风观日斜，莫说谦，一半儿温和，一半儿野。

2018年3月23日

【一半儿】红柳（新韵）

刘海林

山沟一片细枝条，弯叶如眉穿红袄，编篓编筐离不了。看蛮腰，一半儿平平，一半儿好。

2018年3月23日

【一半儿】野花（新韵）

刘海林

你别小瞧我枝低，叶小花蕾儿更稀，若是狂风吹又欺，不相依，一半儿贴沙，一半儿起。

2018年3月23日

【仙吕·一半儿】冰凌檐儿

刘海林

前天春雪降村庄，次日升温出盛阳，春雪消融流下房。冰挂长，一半儿晶莹，一半爽。

2018年3月23日

【中吕·山坡羊】婚礼

刘海林

白纱穿上，鲜花呈上，新婚夫妇华台上。祝新娘，贺新郎。亲朋好友欢歌唱。父母双方谆话讲。今，祝吉祥；明，要自强。

2018年3月23日

【中吕·山坡羊】祝寿

刘海林

新衣穿上，吉祥呈上，亲朋好友同桌上。酒杯扬，笑声扬。吹吹打打草坪上。喜气洋洋多半晌。今，要安康；明，福寿长。

2018年3月23日

【仙吕·醉扶归】观最强大脑

刘海林

高手云集处，摆阵定赢输。仔细观察点面图，一个障碍层层布，一个障碍层层除，一个点错层层误。

2018年3月25日

【中吕·乔捉蛇】相思曲

刘海林

云布相思局，雨弹相思曲。思得鸿雁翩翩来，念得紫燕款款语。朝暮盼，盼暮朝，今生结伴侣。待君花轿来迎娶。

2018年3月25日

【双调·胡十八】手机

刘海林

守机屏，瞅短信。朋友圈，又刷新。亲朋好友建聊群。问讯，视频。好事多，笑盈盈。

2018年3月28日

【双调·殿前欢】葫芦斯台夏场

刘海林

奶香浓。草原春色映苍穹，门前河水贯西东。牛马成群，羊如片片云。沙丘动，蒙古包内琴声弄。繁荣景色，景色繁荣。

2018年3月28日

【双调·对玉环】健忘

刘海林

　　一本新书，前天还细读。今竟踪无，遍翻各屉橱。尽寻所有屋，累得直叫苦。再细搜寻，又忙活一下午，追问家人，（他）说我脑子真欠补。

2018年3月28日

【越调·天净沙】牧民

刘海林

　　早晨放牧牛羊，午间抽水槽旁，晚上收群拢场。盘膝坐炕，酒浓醇奶清香。

2018年3月28日

【中吕·山坡羊】农民

刘海林

门前铺路，坡上种树，娶了漂亮巧媳妇。买牛犊，养肥猪，辛勤劳作奔康富。合作社中咱入股。心，不再苦；人，爱热土。

2018年3月28日

【双调·梧叶儿】小牛犊

刘海林

撒欢跑，睡懒觉，树上蹭皮毛。牛妈到，跳又娇，奶头嚼。忽身转回头看鸟。

2018年3月28日

【中吕·山坡羊】生活（新韵）

刘海林

五更浇灌，归时见月，只为生计辛勤干。数伏天，汗湿衫，养家重任一肩担。父母妻儿扬笑脸。欢，此生安；难，也心甘。

2018年4月1日

【中吕·山坡羊】有的人

刘海林

心胸阴暗，擅长精算。常依大树肆无惮。在人前，假笑颜，背后操刀胡乱砍。谗，你怎安；谦，万事欢。

2018年4月1日

【中吕·山坡羊】上都怀古

刘海林

天遮屏幕,牛羊遍布。天朝旧址行宫处。想当初,上元都,官来贾往青石路。今被重修得保护。曾,兴了古;今,做了古。

2018年4月1日

【中吕·山坡羊】相约在春天

刘海林

暖风吹过,桃花开过,匆匆赶路班车坐,颂诗歌,笑声多。相约泥腿青城乐,各侃乡音莫笑我。他,是帅哥;咱,老太婆。[偷笑]

2018年4月1日

内蒙古诗词学会散曲中心群专家点评：约会，一定是一件令人欢快而难忘的事儿，即使是年纪较长的人也不例外。显然，作者已不再年轻，"暖风吹过，桃花开过"，一语双关，既是表明自然季节，也是暗示人生季节。既然青春不再，那接下来一定是很现实的浪漫了，果然，"匆匆赶路班车坐"，通俗得不能再通俗了，但是约会的场面却十分高雅，颂诗做歌，南腔北调，亦庄亦谐。尤其尾句，爽朗、风趣、自嘲而又豁达的人物性格脱口而出，表意微妙，情感深厚却波澜不惊，完全是"过来人"的感觉，特别接地气，散曲的口语话、俗语化、平民化特征突出，这在散曲普遍词化的境况下，显得十分可贵。

常昌婷 (2 首)

常昌婷, 女, 内蒙古正蓝旗第二中学优秀青年教师, 正蓝旗上都诗词学会会员。

【中吕·普天乐】春雪

常昌婷

西风紧，谁之令？帘垂天幕，云遮窗棂。鹊噪枯藤树，原野荒芜菁。不愿春光空虚度，牧羊人儿甩鞭勤。冬非归宿，再接使命，看我飘零。

2018年4月7日

【双调·水仙子】天鹅梦

常昌婷

梦中又见衣衫影，难忍肃冬天地寒。三月春风带云雨，湖水盛情未干。不枉天使返人间。似重整容颜，霓裳河畔，羽化成仙。

2018年4月7日

张慧婷（8首）

张慧婷，女，中华诗词学会会员，内蒙古正蓝旗上都镇居民。在《内蒙古诗词》《内蒙古晨报》《锡林郭勒日报》《锡林郭勒诗词》《上都诗刊》《巴彦淖尔诗词》等报刊发表过诗词、散曲和散文。她对散曲的理解是"情之所至，境自宜人，随心就好"。

【中吕宫·喜春来】
庆正蓝旗成为
中华散曲文化教育基地

张慧婷

西风里麦摇金浪，归雁中秋草竟黄。闻元曲籁乐悠扬。情荡漾，上都人再谱辉煌。

2017年9月

【双调·风入松】赞小令

张慧婷

琅琅元曲唱高天，闻雁也回徊! 滦河水奏（欢乐煞），金莲川迎（快活年）。听尽千帆乐调，皆推小令当先！

2017年11月10日

【黄钟·刮地风】元曲情怀

张慧婷

都道元都景色娇，元曲妖娆。请君亲自赏一遭，喜上眉梢！牛羊如玉珀，草原如涛；篝火欢歌，马头琴啸。案前走墨劲，笔端赋律豪，但听散曲响云霄！

2017年11月10日

【双调·十棒鼓】小日子

张慧婷

夫君今朝工下晚，黑黢黢脸，泥土身上挂，

手茧新添。娃儿喊爸忙，辛劳不慰脏不嫌，围着前后身转，儿欢父闹喜颜绽。拙手熬罢半锅粥，小笼熥熟一桌饭，小日子虽简心中甜，三口怡然。不祈荣华兼富贵，且共康安！

（该曲刊发于2017年12月第四期《巴彦淖尔诗词》，2018年3月第一期《内蒙古诗词》）

【越调·斗鹌鹑】赞草原艺术公社

张慧婷

艺术公社雪翩然，冰晶漫冉。曾育绽花鲜，为学生送暖。爱浸谢锦犹红，北风虽寒却暖。爱悄悄，扬草原。更聚英贤，共散曲重兴盛典。

2017年11月

【越调·天净沙】逢雪

张慧婷

寒风撒遍梨花，远山如玉披瑕，野旷霞铺素雅。风光如画，歌元曲，舞哈达。
（该曲刊发于2017年12月第四期《巴彦淖尔诗词》）

【中吕·普天乐】迎春

张慧婷

喜春来，迎花艳。绦丝细柳，吐蕊娇妍。（衔泥）燕子旋，（游波）银鳞闪。山水如画诗情漫。玉桥边，轻舞翩跹。湖畔品茗，书斋捧卷，雁翅轻弹。

（该曲刊发于2018年4月16日《锡林郭勒日报》锡林河文艺副刊）

【正宫·双鸳鸯】过新年

张慧婷

杏脯酸，枣干甜，欢乐一钵喜满盘。辞酉迎戌团聚日，爆竹声里拜新年！

2018年2月15日

张海霞(3首)

张海霞,女,现在内蒙古正蓝旗妇幼保健所工作,笔名心如弦月,正蓝旗上都诗词学会会员,在《锡林郭勒日报》《锡林郭勒》《锡林浩特》《上都诗刊》《巴彦淖尔诗词》等报刊上发表过诗歌、散曲和散文。

【中吕·醉高歌】上班

张海霞

秋凉捂上棉衫，穿个溜圆是俺。骑车累得通身汗，签到呼呼气喘。

2017年10月5日

【中吕·醉高歌】寒夜悲（新韵）

张海霞

寒冬长夜凄风，霜挂枝头碎琼。仰瞻冷月忧心重，独酌甘醇泪滢。

（该曲刊发于2017年12月第四期《巴彦淖尔诗词》）

【中吕·普天乐】小年

张海霞

庆小年，忙欢宴，鲜香水饺，清炖花鲢。鞭炮燃，烟花绚。吃口糖瓜回忆唤，灶王爷爷降凡间。挨查饱暖，严惩负犯，百姓平安。

2018年2月9日

陈耀全（3首）

陈耀全，现工作于内蒙古正蓝旗黑城子示范区，笔名北原，正蓝旗上都诗词学会会员，在《锡林郭勒日报》《上都诗刊》等报刊上发表过诗词作品。

【天净沙】采风有感

陈耀全

秋草飞鹰, 国学文化传承, 别墅郊区住行。
白毛风紧, 词曲呈现钟情。

2017年11月2日

【正宫·塞鸿秋】过大年

陈耀全

陵台飒飒金光照, 苍茫古镇青烟冒。斟茶
酌酒儿郎闹, 填食喂料犊牛跳。羔羊不怕羞, 画
眉声声叫。谁家少女燃花炮。

注: 陵台, 即李陵台。

2018年2月12日

【正宫·塞鸿秋】北国晚春

陈耀全

雷声隐隐双山背, 时寒乍暖飞沙累, 乌鸦展翅寻高位, 牧羊老叟拿鞍辔。街中舞曲欢, 村边野狗吠, 墙根冒绿茴蒿味。

2018年3月25日

彭秀荣（4首）

彭秀荣，女，现工作于内蒙古正蓝旗黑城子示范区第四居委会，笔名兰幽，锡林郭勒盟诗词家协会会员，在《内蒙古诗词》《锡林郭勒日报》《锡林郭勒诗词》《巴彦淖尔诗词》《上都诗刊》等报刊上发表过诗词作品。《七律·元上都杂咏》获2017年全盟首届"富德生命人寿杯"诗书画联评展评二等奖。

【天净沙】散曲培训班有感

彭秀荣

苍原曲径风呼, 密云飞雪冬初, 翰墨疾书韵谱。扬帆同渡, 奋发人在征途。

2017年11月16日

【中吕·醉高歌】上京秋色

彭秀荣

风清野阔天高, 岭秀湖平气浩。悠然忘尽俗尘绕, 莽莽苍原烟渺。

2017年11月16日

【黄钟·节节高】金莲川

彭秀荣

满川莲放，一原金晃。悠扬牧歌，轻舟漫荡。一路尘，八方客，尽兴游，这里黄花正香。

2017年12月15日

【仙吕宫·一半儿】（中华新韵）咏绥宁"四月八"姑娘节

彭秀荣

踏歌四月百花鲜，迎客八方群舞翩，银步摇娇娃万千，一半儿叠裙，一半儿伞。

2018年3月15日

刘悦英（15 首）

刘悦英，女，内蒙古正蓝旗五一种畜场居民，正蓝旗上都诗词学会会员，在《上都诗刊》《锡林郭勒诗词》《锡林郭勒日报》《巴彦淖尔诗词》等报刊上发表过诗词和散曲作品。

【越调·天净沙】艺海扬帆

刘悦英

艺术公社萌芽, 传统精粹一家, 重觅散曲芳华。朝阳文化, 草原阔, 藏奇葩。

2017年11月14日

【越调·天净沙】文化自信当家

刘悦英

欣逢盛世嘉华, 文化自信当家, 妇孺词曲练达。朝阳华夏, 炎黄人, 德天下。

2017年11月14日

【中吕·迎仙客】又见炊烟（新韵）

刘悦英

故土临，忆童心，村头炊烟若纱巾。又回乡，泪水淋，耳际犹闻，慈母唤儿音。

2017年11月21日

【中吕·山坡羊】裸冬随想

刘悦英

屋中闲坐，香茗轻啜，凭窗一览严冬朔。眺沙陌，暮归驼，远山近树深浅一色。地作宣纸天研磨。灰，也水墨；黑，也水墨。

2017年12月15日

【中吕·山坡羊】草儿述怀

刘悦英

四季更易，终归老去，看花开花落香殉兮。春先碧，秋欲萎，笑看时令多适宜。不羡松柏与茉莉。身，也绿意；心，亦生机。

（该曲刊发于2018年4月16日《锡林郭勒日报》锡林河文艺副刊）

【中吕·醉高歌】上都魂

刘悦英

苍天阔地厚土，疆北追怀元祖。烽烟远去魂犹在，千年金莲傲骨。

（该曲刊发于2017年12月第四期《巴彦淖尔诗词》）

【中吕·迎仙客】悯邻家老妇

刘悦英

妪暮年，行步难，数次踟蹰故井边。步蹒
跚，四顾环，默默无言，捡拾饮罐还。

2018年3月21日

【中吕·山坡羊】感怀

——读柴秀娥散文《年的记忆》

刘悦英

新年旧岁，亲人聚会，今昔对比细品味。党
有为，民生瑞，炎黄子孙不掉队。赞我华夏日异辉。国，也扬威；民，也扬眉。

2018年3月22日

【越调·天净沙】春盼

刘悦英

黄尘天际马啸，苍原数驼孤傲，村头秃枝鸦噪。牧人远眺，眼中春何时到。

2018年3月26日

【中吕·山坡羊】春归

刘悦英

江南飞花，原北暖露，山河万里春风渡。牧归路，荒如故，忽闻雁阵头经处，方悟春来时令细数。欣, 春复苏; 祈, 甘霖沐。

2018年3月26日

【双调·水仙子】学曲

刘悦英

文字珠玑用心穿, 构思严谨巧相连。真情做线抒己见。剖析我拙作, 狂躁不成篇。良师评点, 诚服愧然, 引以为鉴。

2018年4月3日

【双调·水仙子】赞曲友

刘悦英

冬去春来岁如梭, 喂马砍柴苦也乐, 人到中年不蹉跎。闲来诗吟哦, 勤奋执笔高歌。读书拣句, 热爱生活, 无愧楷模。

2018年4月3日

【双调·折桂令】草原艺术公社

刘悦英

草原深处一雅轩, 北依漠野, 邻金莲川。邀来游人, 墨客儒贤, 观光草原。绘北国壮丽山川, 探蒙元文化渊源。岁月轮转, 展新画卷, 文化旅游, 靓丽彩添。

2018年4月3日

【中吕·山坡羊】沙尘暴

刘悦英

天干物燥, 临窗远眺, 恰似一幅复古照。春花邈，东风遥，又是塞上狂沙浇，路上车灯白日照。人，添烦恼；风，歇歇脚。

2018年4月7日

【中吕·山坡羊】北国春晚

刘悦英

江南飞花，塞北雪下，山河壮丽美如画。春无华，南北差，阳坡芳草迟萌芽，风去雪来如童话。冷？雪融化；暖？冰凌挂。

2018年4月7日

刘富兰（30 首）

刘富兰，女，现居住于内蒙古正蓝旗五一种畜场，正蓝旗上都诗词学会会员，在《锡林郭勒日报》发表过散曲作品。

【中吕·醉高歌】期盼

刘富兰

溪流草地颜欢，杨柳轻盈顾盼，与谁同创人生暖？共赴前程灿烂。

2017年11月17日

【中吕·醉高歌】暖阳

刘富兰

朝阳旭日温馨，打马驰骋畅饮，碧波万里苍凉隐，只有真情涌进。

2017年11月18日

【安排令】思念

刘富兰

安排花鲜，安排果鲜，安排流水碧连天，安排老树换容颜。几分苦恋，几分缠绵，几分痛苦入诗笺，几分情深，让我欢。

2017年11月21日

【中吕·醉高歌】夜读

刘富兰

孤窗冷月冰霜，灯下研读细赏，几多愁绪心房荡，难舍心中梦想。

2017年11月21日

【中吕·迎仙客】时光

刘富兰

夜静幽，水轻流，蛙跳碧荷娇媚羞。倚帘忧，思虑游，岁月难留，不愿朱颜旧。

2017年11月24日

【越调·天净沙】韵在飞

刘富兰

风撷雅韵滔滔，漫歌飞舞妖娆，草绿花鲜正俏，文人研讨，引领诗意风骚。

2017年11月25日

【越调·天净沙】情思

刘富兰

碧影清月悠悠，诗心缱绻绵愁，欲问春风可瘦？难得陶醉，谁人能与同舟？

2017年11月27日

【双调·庆宣和】雪花

刘富兰

辽阔苍穹默默飘，片片妖娆，袅袅仙姿润荒郊，舞蹈，舞蹈。

2017年11月28日

【双调·庆宣和】远山

刘富兰

幽静苍山逝翠颜，起伏绵延，遥想和风艳阳天，祈盼，祈盼。

2017年11月28日

【双调·拔不断】赞广场舞教师

刘富兰

入冬哉，展情怀，听说广场举行赛，几度踌躇不敢来，心中顾虑难决裁，克服心态。

教师排，舞姿嗨，倾情演绎装心海，舞步轻盈炫酷呆，婀娜妩媚惊奇帅，用真情载。

2017年12月9日

【中吕·喜春来】总场冬景

刘富兰

街中寂静行人少, 偶尔飞来鹊影娇, 茶香词赋冶情操, 歌舞跳, 闲空女轻描。

2017年12月10日

【中吕·山坡羊】初冬

刘富兰

元都城畔, 风寒心暖, 歌飞舞烈娇姿艳。看今天, 赞国安, 热情洋溢宏图展, 诗赋畅游和煦漫。山, 格外欢, 人, 格外欢。

2017年12月16日

【中吕·一半儿】春节

刘富兰

儿时急切盼春来，年夜欢心饭菜嗨，穿上新衣谁最乖？看男孩，一半儿拿捏，一半儿帅。时间飞逝发丝白，四季轮回颜色衰，渴望光阴能慢哉，莫孤呆，一半儿心宽，一半儿窄。

2017年12月24日

【中吕·山坡羊】草原赞

刘富兰

阳光如焰，鲜花无限，青波荡漾牛羊漫，望山川，悦心田，举杯豪饮真情献，长调畅游群鸟恋。春，人也欢；秋，人也欢。

炊烟如链,晨风舒灿,清香阵阵扑娇面,祝福添,健康延,水流清澈云飞燕,抚慰草原歌舞艳。得,心也宽;失,心也宽。

2017年12月25日

【黄钟·节节高】新年

刘富兰

舞姿娇艳,贺新年献,歌声不断,缠绵眷恋,颂圣贤,举杯赞,盛世宴,数九严寒亦暖。

肉香飘漫,火炉红炼,家家美满,人人硕健,日月欢,人心善,处处变,万里河山灿烂。

（该曲刊发于2018年4月16日《锡林郭勒日报》锡林河文艺副刊）

【中吕·十二月带过尧民歌】秋语

刘富兰

野草枯黄风啸啸，遍地秋叶乐逍遥。数年苦博谁佼佼？历经沧海可曾聊？岁月蹉跎情渺渺，劲风掀起浪滔滔。〔带〕几多留恋几度愁浇，看星明媚闪闪云霄。清风漫步怨山高，雨滴田园报春骄。今朝欢歌四季飘，盛世国人笑。

【越调·天净沙】老爸老妈

刘富兰

天蓝水碧风轻，老妈妈笑容迎，老爸刮胡照镜，温和干净，善良容忍钟情。

今朝暖日充盈，幸福辛苦经营，二老相依喜

庆, 珍惜光景, 共同携手前行。

2018年3月18日

【中吕·迎仙客】老翁骑车

刘富兰

强劲风, 树枝横, 摇摆难行欺老翁, 用心蹬, 体力撑, 忙碌今生, 一片痴心奉。

老伴疯, 气腾腾, 风大还骑车逞能, 叫人疼, 就得扔, 怒火真升, 朗日轻云等。

2018年3月21日

【天净沙】往事随风

刘富兰

蹉跎岁月如刀, 常因隐忍心焦, 往日春华不晓，让人懊恼，诗篇陶冶情操。

时光飞逝逍遥，风箱拉响声飘，享受妈妈味道，说说笑笑，幸福装满书包。

2018年3月23日

【天净沙】淑女

刘富兰

彩衫飘逸情柔，波光碧影清幽，天水相依重厚，琴音通透，此情此景无忧。

繁华恋念新愁，风稀日艳歌讴，玉手遥挥尽斗，善结益友，一丝浅笑充眸。

2018年3月25日

【天净沙】做自己

刘富兰

人言可畏心寒，目光忧虑思安，温暖柔和眷恋，着实疲倦，奈何辜负春天。情怀善念无边，笑容挂满眉间，品味精华历练，不言长短，寻求益友随缘。

2018年3月26日

【越调·天净沙】超市购物

刘富兰

三人购物相随，琳琅满目生辉，价美心怡智慧，积极消费，同行满载而归。电梯恐惧迟疑，一拉一拽一推，捧腹乘梯似醉，今昔回味，长期封闭难追。

注：表妹长年养牧，进超市买菜不知先打码，上电梯还得前拽后推，笑后有感而发。

2018年3月28日

【越调·天净沙】眷念

刘富兰

风停雨落苗鲜，清新翠绿曾添，长调悠扬眷念，情歌唱满，曲终人散缠绵。伟人力挽狂澜，国家科技高端，呵护身心健安，前途灿烂，祝福盛世开篇。

2018年4月1日

【中吕·山坡羊】情意重

刘富兰

寒风消退，春天来会，谁知二月太陶醉，暖阳随，雨花飞，你来他往情可贵，友谊举杯常品味。人，也妩媚；山，也妩媚。

2018年4月3日

【中吕·山坡羊】广场舞

刘富兰

人人欢笑，天天都到，温馨沐浴草原调，舞姿窈，曲词骄，寒冬能在温室跳，祝愿民生逢策好。春，让我俏；秋，让我俏。

2018年4月3日

【中吕·山坡羊】向往

刘富兰

书中寻觅, 真情实意, 良言善语让人醉, 敞心扉, 不卑微, 畅游文海增智慧, 曲韵抒情添碧翠。赢, 莫显贵; 输, 敢面对。

2018年4月6日

【越调·天净沙】挂念

刘富兰

北风吹落云衫, 晚霞布满天边, 弟妹时常挂牵, 往事浮现, 仿佛回到童年。围着父母心欢, 一家吃住简单, 灯下温习课篇, 依然眷念, 亲人康健才安。

2018年4月7日

【越调·天净沙】惆怅

刘富兰

　　沙尘昼夜相连，昏黄苍穹难安，南北东西暗淡，如同塌陷，牧人急切心牵。寂寥烦躁孤单，室内细土尽显，满目狼藉感叹，浊酒驱患，阴霾隐退皆欢。

2018年4月7日

【中吕·山坡羊】观环保漫画展

刘富兰

　　春归还寒，丝丝存暖，名家汇聚画观展，荡

腾龙，显风范，抒发奇想环保献，畅想乾坤皆灿烂。骄，太眷恋；兴，艺术愿。

2018年4月10日

【中吕·山坡羊】寄语

刘富兰

黄昏闲逛，乌云游荡，冬眠已过换新妆，入诗章，绽清香，波光跳跃碧意放，烈酒杯杯豪饮爽。情，慢慢酿；人，快向上。

2018年4月11日

郭燕珍(6首)

郭燕珍,女,笔名依然静雅,现居住于内蒙古正蓝旗上都镇,上都诗词学会会员,在《巴彦淖尔诗词》和江山文学网等发表过诗词和散曲作品。

【中吕·醉高歌】秋唱

郭燕珍

谁知秋雨凄凉？撒下红妆独唱。繁花瓣瓣悄然望，淡淡清幽北上。

2017年11月16日

【中吕·迎仙客】草原客

郭燕珍

风雅歌，古滦河，两岸青山依旧婀。马奔驰，百鸟合，踏毯轻戈，骋草原搏乐。

2017年11月21日

【中吕·喜春来】咏梅

郭燕珍

暗香疏影娇枝醉，斗雪迎风粉面薇。凌霜傲骨馥了谁？诗花卉，独绽侍春晖。

2017年11月21日

【中吕·醉高歌】雪

郭燕珍

悄然落入冰花，点缀晶莹树杈，残枝郁满清风乍，霜打轩窗下。

2017年12月26日

【中吕·醉高歌】红月亮

郭燕珍

百年不遇奇观，蓝月血红呈现。星空添彩绽瞬间，大地焕发绚烂。

2018年1月31日

【中吕·喜春来】迎春色

郭燕珍

风携杨柳春来早，雨过梅枝别样娇。满庭花海舞妖娆，盛妆瞧，艳妆俏。幽魂一缕绽诗豪，墨笔寻，画锋妙。涵蕴凝香春色报。

2018年2月8日

郭建茂（2首）

郭建茂，内蒙古锡林郭勒盟著名文化学者，编有《锡林郭勒古诗词选注》。

【正宫·醉太平】颂十九大

郭建茂

金秋气爽，国色花香。鹏翔凤举布春光，万千瑞祥。承经典众邦兴旺，铸钢铁海疆军壮，绘山河锦绣康庄。环球共仰。

2017年11月

【仙吕·一半儿】草原情

郭建茂

天边沃野草生香，绿马红牛匝翠冈。阿爸帐前拾箭忙。好风光，一半儿沉思，一半儿赏。

（该曲刊发于2017年12月第二期《锡林郭勒诗词》）

赵立武(9首)

　　赵立武,内蒙古锡林郭勒盟著名诗人,当地为数不多的散曲作家之一。前5首散曲作品,是作者2014年6月20日至26日,在正蓝旗参加全盟金莲川笔会时创作并发表在当年《锡林郭勒诗词》上;中间3首散曲作品收录于锡林郭勒盟诗词家协会编辑,2014年12月由内蒙古人民出版社出版的《锡林郭勒诗词选》一书;后一首刊发于2017年12月第二期《锡林郭勒诗词》散曲专栏中。

【双调·大德歌】元上都感怀

赵立武

卧龙山，金莲川，世祖登基称帝王。一统江山现，王朝繁盛百年。而今遗址喜空前，世界名录续新篇。

【越调·小桃红】金莲花

赵立武

满川独秀数金莲，迷醉天仙眼，阵阵馨香总扑面。正方年，亭亭玉立娇容艳。花开漠南，风光无限，情系上都缘。

【正宫·端正好】美丽五一牧场

赵立武

远天蓝，白云配，金莲媚，芳草菲菲。青山绿水风光美，至此皆陶醉！

【天净沙】草原情

赵立武

云白草绿天蓝，山清水秀花鲜，奶酒哈达盛宴，高歌长调，牧人远客同欢。

【天净沙】故乡美

赵立武

山山水水川川，村村路路连连，处处天天变变。家家院院，瓜瓜果果甜甜。

【黄钟·人月圆】灯夜

赵立武

上元之夜花灯映，龙舞礼花丛。九州同庆，红红火火，其乐融融。狂欢节日，华人陶醉，福祉浓浓。双双情侣，婵娟伴影，依恋卿卿。

【黄钟·人月圆】中秋

赵立武

年年桂月逢十五,华夏正中秋。佳节共度,团圆赏月,牵挂情愁。举头遥望,婵娟靓丽,月色清幽。人间天上,今宵美景,心醉神游。

【中吕·山坡羊】痴醉草原

赵立武

鲜花芳草,珍珠玛瑙,百灵对唱空中闹。朵云飘,自逍遥,蓝天绿野风光好。奶酒哈达长曲调。心,已醉了;人,也醉了!

【越调·天净沙】草原情韵

赵立武

斜阳碧野云天，毡房篝火炊烟。奶酒全羊盛宴。婵娟相伴，牧人歌舞狂欢。

李建勇（2 首）

李建勇，现工作于内蒙古锡林郭勒盟文联，青年作家。

【中吕·山坡羊】沙尘天气

李建勇

人间四月，锡林风苦。黄沙胡来满天舞。卷茫野，吞牧户，桶翻草散春全无。恨天造人误造口。迎，要吃土；避，要吃土。

2018年4月3日

【仙吕·寄生草】山河草原

李建勇

平顶山，金莲川。芍花原野风车田，璧玉季河九曲湾，白垩湖海埋沙滩。苍狼问月星何坠，盛世蒙古看大元。

2018年4月11日

郝　伟(1首)

郝伟，内蒙古锡林郭勒日报社编辑，中华诗词学会会员，作品散见于《锡林郭勒日报》《锡林郭勒诗词》等报刊。

【中吕·山坡羊】上都怀古

郝 伟

龙岗远去,残城老树,铁幡竿渠蜿蜒处。壁湮芜,陷滩涂。元都古迹荒原路,浅草慢坡林木疏。昔,皇幕府;今,游逸土。

2018年4月10日

刘翠梅(4首)

刘翠梅,女,现工作于内蒙古锡林郭勒盟西苏旗食药工商质监局,笔名平凡,锡林郭勒盟著名女诗人。在2017年内蒙古诗词界最高奖项"昭君文化杯"全区首届正北方诗词奖评选活动中,其诗作《七绝·题秋日爬山虎(新韵)》荣获三等奖。在2017年锡林郭勒盟首届"富德生命人寿杯"诗书画联评展评中,《双调·水仙子赏春》获古体诗词三等奖。

【中吕·迎仙客】心事

刘翠梅

玉影偎，挂罗帏，心事隔窗遥念谁。枉凝眉，空举杯，一梦千回，相与卿卿醉。

2017年11月20日

【中吕·迎仙客】立冬

刘翠梅

初进冬，正西风，垂首独行飞雪中。过斜桥，裹锦蓬，无奈心空，谁解伤怀梦。

2017年11月20日

【中吕·迎仙客】挖野菜

刘翠梅

柳絮飞，晒蔷薇，一路提篮香伴随。笑荷锄，口哨吹，绕过苗葵，满了春阳醉。

2017年11月21日

【中吕·卖花声】夜读

刘翠梅

移窗懒月窥灯影，小火围炉释砚冰。风中都是读书声。寒星已睡，晓鸡未醒，问谁知，此圆直径？

2018年1月3日

薛翠珍(2首)

薛翠珍,女,现居住于内蒙古锡林郭勒盟二连浩特市,笔名紫藤,中华诗词学会会员,中国楹联学会会员,在《中国诗歌报》《诗词月刊》《文学与艺术》等报刊发表过多首诗词和散曲作品,2017年获锡林郭勒盟第八届"金莲川诗词奖"。

【仙吕·一半儿】草原金秋

薛翠珍

无边草色远荒丘，夜半清风过御沟，多少帐篷明月留。可怜秋，一半儿牛羊，一半儿酒。

2018年3月15日

【正宫·塞鸿秋】边城行

薛翠珍

伊林僻远茶香漫，驱车千里斜阳散。迎宾大道恐龙现，繁城雪舞荧光灿。长歌短笛鸣，古韵新风伴。重温漠北真情唤。

2018年3月15日

修翠云（4首）

修翠云，女，笔名青然，河北省诗词协会会员，张家口作家协会会员，河北省沽源县《沽源文艺》诗词编辑，著有《翠云诗集》。

【天净沙】立冬

修翠云

冬阳溢美初琼，秀绢织就丹绒，妩媚馨秋走远。韵洁横展，绽清姿玉玲珑。

2017年11月25日

【天净沙】初雪

修翠云

北风萧瑟天恒，净空银片飞腾，树挂玲珑碎玉。梨花素锦，似蝶娇舞轻盈。

2017年11月25日

【天净沙】莲藕

修翠云

窈窕翠藕莲星，久居污水藏清，腹内幽泉千眼。暗香如注，品高德厚精英。

2017年11月25日

【天净沙】思乡

修翠云

山长水阔青云，瀚空鸿雁南巡，欲寄花笺尺素。书音泪雨，忧思暗忆乡魂。

2017年11月25日

宫庭伟(1首)

宫庭伟,内蒙古正蓝旗上都诗词学会会员,爱好写诗绘画,曾在《上都诗刊》《锡林郭勒诗词》《锡林郭勒日报》上发表过诗词和美术作品,现在河北省张家口市第五中学读书。

【中吕·山坡羊】祭敖包

宫庭伟

骄阳似火，金莲花开，点点毡包接天际，闻芳草，捧泉水。吉祥哈达迎风扬。添石祭酒为祈福。观，此中景；领，此中意。

2018年4月1日

【越调·天净沙】老有所乐

刘秀琴

稀粥淡菜清茶，老公娇女孙娃，锅碗瓢盆筷叉。煮春烹夏，一肩担起全家。

（该曲刊发于2017年12月第二期《锡林郭勒诗词》）

【越调·天净沙】蒙汉人家

刘秀琴

蓝天碧野红花，蔬园小院鸡鸭，曲径毡包牧马。春秋冬夏，相融蒙汉人家。

（该曲刊发于2017年12月第二期《锡林郭勒诗词》）

【双调·蟾宫曲】
贺内蒙草原曲社成立（新韵）

青山神韵

元上都，散曲悠扬，韵绕毡包，悦性羔羊。银碗成双，满斟奶酒，致谢天堂。中唐诗，格高调朗；南宋词，委婉情长。元曲清腔，唱尽激昂，酬和遥揖，共谱华章。

（选自中华诗词论坛网）

2017年4月21日

金莲草原曲千朵　韵伴时光岁月香

——代后记

郭海鹏

春华秋实，一分耕耘一分收获。2017年8月31日，中华诗词学会散曲工作委员会为正蓝旗中华散曲文化教育基地授牌。在各级诗词学会的大力支持下，在正蓝旗党委、政府的高度重视下，经过扎实有效的创建工作，正蓝旗成为全国第二家、内蒙古首家中华散曲文化教育基地（2016年5月挂牌的我国首家中华散曲文化教育基地为元代散曲大家马致远在北京门头沟区王平镇韭园村的故居）。

2014年10月13日，中华诗词学会散曲工作委员会成立。2015年11月16日，在陕西省西安市举行了中华诗词学会散曲工作委员会揭牌仪式。

2017年3月12日，中华诗词学会会长、中华散曲工作委员会主任郑欣淼在中华诗词散曲工作委员会首次全委会讲话中指出，振兴散曲是形势发展的需要，唐诗、宋词、元曲构成了我国诗歌史与文学史上的三座高峰，三者一脉相承、鼎足而立、不可偏废。只有都发展了，才能实现完整意义上的传统诗歌复兴。6月4日，内蒙古诗词学会召开会长办公会议，决定要"下大力气将正蓝旗创建为中华散曲文化教育基地，争取在正蓝旗建立中华散曲博物馆"。

6月23日，正蓝旗旗委、政府组织召开建设中华散曲文化教育基地座谈会，对建设中华散曲文化教育基地进行再检查、再落实。内蒙古诗词学会常务副会长、内蒙古草原散曲社社长张首贤等一行4人及锡林郭勒盟诗词家协会主席李慧兰到会并提出具体意见和要求，明确建设中华散曲文化教育基地要着眼"中华"二字，要做好民族化和现代化两项功课，既要继承散曲具有鲜明的民族性，又要开启散曲鲜明的时代性，以期达到在民族化的基础上追求新的现代化，在现代化的基础上保持新的民族化，充分发挥好中华散曲文化教育基地纪念先贤、启迪后昆等作用。6月30日，在成功创建为中华诗词之乡的基础上，正蓝旗人民政府向中华诗词学会散曲工作委员会报送了建设中华散曲文化教育基地总体汇报材料。8月21日，中华诗词学会散曲工作委员会予以批复，决定正蓝旗为中华散曲文化教育基地。

8月31日，受中华诗词学会会长、中华散曲工作委员会主任郑欣淼，中华散曲工作委员会常务副主任徐耿华的委托，中华诗词学会副会长、中华散曲工作委员会副主任、内蒙古诗词学会会长贾学义，内蒙古诗词学会副会长、内蒙古中华散曲文化教育基地首席顾问、锡林郭勒盟文化促进会会长田学臣，中华散曲工作委员会委员、中华诗词学会副秘书长、培训中心副主任黄小甜，中华散曲工作委员会委员、黄河散曲社社长、内蒙古草原散曲社顾问李玉平，内蒙古诗词学会常务副会长、草原散曲社社长张首贤一行到正蓝旗，为正蓝旗中华散曲文化教育基地授牌,同时就如何建立长效机制、发挥好散曲文化教育基地的作用、建立中华散曲博物馆等事宜进行了专题座谈和研讨。

锡林郭勒盟政协副主席额尔登孟克出席座谈会。锡林郭勒盟盟委宣传部常务副部长周振禄主持座谈会。正蓝旗旗委常委、宣传部长柒拾捌,草原艺术公社负责人李国华揭牌。期间,贾学义一行还深入到中华散曲文化教育基地草原艺术公社、中华诗教先进单位五一种畜场、元上都文化宫、忽必烈影视拍摄基地、元上都遗址博物馆等地进行了实地调研。

座谈会上,作为正蓝旗上都诗词学会的具体工作负责人和一名文艺工作者,我就正蓝旗建设中华散曲文化教育基地提出五点建议:一是中华散曲文化教育基地要有专人管理、专项资金保障,确保教育基地能够正常运转;二是各级诗词学会要积极为教育基地提供一些有关散曲方面的文字及音像资料,基地本身也要面向社会进行有偿征集,确保教育基地有内容和内涵;三是支持鼓励全国各地作者到基地进行散曲创作和研究，发挥好基地的带动作用和影响力，将优秀散曲作品通过中华散曲文化教育基地传播出去；四是探讨将散曲融入到阿斯尔宫廷音乐、马头琴演奏等蒙古族传统音乐中，使教育基地更具当地蒙元文化特色，彰显文化散曲魅力；五是散曲文化是以人为本的活态文化遗产，与群众生活息息相关，有关部门应积极组织将其申报为各级非物质文化遗产。该建议得到了与会有关领导的好评和重视，并逐步予以组织实施。

了解散曲才能懂得散曲的美。元曲集唐诗宋词的优点于一身，优美典雅、粗犷豪放、活泼直白，体现出了中华古典诗词文化的多样性。元曲包括元代的散曲和杂剧两部分。两者的艺术形式不一，前者是诗歌，后者是戏曲。金元时期，散曲起源于北方，故散曲又称北曲。元好问是宋金对峙时期北方文学的主要代表、文坛盟主，又是金元之际在文学上承前启后的桥梁，被尊为"北方文雄""一代文宗"。他擅作诗、文、词、曲，其中以诗作成就最高，其散曲现存小令9首、残曲2首，虽传世不多，但在当时影响很大，有倡导之功，被现代人誉为散曲鼻祖。隋树森先生编的《全元散曲》中，收录元代散曲作家214人，作品4315首，其中小令3858首，套曲457套。作者中有地位显赫的达官贵人、文人雅士，也有教坊艺人，马致远、关汉卿、郑光祖、白朴并称为"元曲四大家"，其中马致远有"曲状元"之称。另外，谢伯阳先生编的《全明散曲》中，收录明代散曲作家计406人，作品12670首，其中小令10606首，套曲2064套。谢伯阳、凌景埏先生编的《全清散曲》中，收录清代散曲作家计342人，作品4380首，其中小令3214首，套曲1166套。元明清三代共有散曲作家962人，作品21365首，其中小令17678首，套曲3687套。

元曲的定名是有其历史原因的。一方面，中国古老诗词的革命和创新，早在蒙元入主中原以前，就已经酝酿和存在。另一方面，金、元文化在蒙元没有入主中原以前，虽然经过上千年的演变，却没有成为有气候的文化血脉，根本原因是没有中华大文化底蕴的支撑。元世祖忽必烈是一位开明的皇帝，当政前便发现了汉文化的先进性，执政后树立起了中华民族的大观念，提拔重用了一大批汉族和其他少数民族中的大智大慧者，强化了中国文化除弊兴利的改革态势，进而加速了中华古老文化的变革，元曲鼎盛于元代自然是水到渠成。另外，散曲大盛于元，与语言及音乐的发展也有直接的关系。元代民族交融，人口流动频繁，语音、词汇与唐宋时代相比已有许多变化。北方少数民族音乐传入中原，也使与音乐结合的诗歌创作在格律上有所改变，而城市经济的发展，商人、小贩、手工业者的生活喜好，通俗文学的蓬勃发展，也需要产生更能表达时代情趣的诗歌体裁。这一切，均为元曲的发展提供了有利条件和环境。散曲是流行于元代以来民间歌曲的总称，由于散曲是"清唱"的，故亦名"清曲"。散曲之名最早见于明初朱有敦的《诚斋乐府》，不过该书所说的散曲专指小令，尚不包括套数。明代中叶以后，散曲的范围逐渐扩大，把套数也包括了进来。至20世纪初，吴梅、任讷等曲学家的一系列论著问世以后，散曲作为包容小令和套数完整的文体概念，最终被确定了下来。它包括小令、套数和介于两者之间的带过曲等形式，从结构上可分为小令、中调和长调。每个散曲曲牌，都只有轻松灵巧的短短几句，既注意一定格律，又吸收了口语的自由灵活，而且作者还可以自由添上衬字，使之表现得活泼有趣。如果有的话长，又可以就同一宫调的曲牌，任取若干支组成散套，加以铺陈叙述，尽情奔放抒写。散曲作为继诗、词之后出现的新诗体，一方面流动着诗词等韵文文体的血脉，继承了它们的优秀传统。另一方面更有着不同于传统诗词灵活多变、伸缩自如的句式，体现出以俗为尚，口语化、散文化的语言风格，具有明快显豁、自然酣畅的艺术个性。

运用元散曲的传统体式说现代的事儿，是当今散曲创作的最大特点。2017年6月，习近平总书记在山西省岢岚县赵家洼村看望贫困村民时嘘寒问暖的场景感动了无数人。来自全国第一个中华散曲之乡的山西黄河散曲社社长李玉平创作了散曲《【双调·庆宣和】总书记来到咱们家》，随后被改编成了歌曲。朴实的歌词、欢快的曲调生动再现了当时的场景，写出了老百姓的真情实感，也让总书记的亲民形象深入人心，唱响了中华大地。

正蓝旗是元朝开国帝都世界文化遗产元上都遗址所在地，与元朝的文化符号元曲有着深厚的历史渊源和不可分割的血脉关系。13世纪，巍峨宏伟的上都城出现在精美绝伦的正蓝旗金莲川草原上，少数民族执政给这个王朝带来了许多异质特征，其中比较突出的一个特点就是两都制，春季朝廷从大都迁往上都清暑，秋季从上都返回大都越冬。巡幸队伍少的时候有几千人，多的时候则几万人，浩浩荡荡，前呼后拥，规模极为庞大。皇帝一行巡幸上都，路上所用时间单程为20~28天，来回时间加起来，每年皇帝巡幸在路上的时间将近两个月。

大元王朝的伟业，造就了一大批诗词曲赋大家。元曲、元杂剧发展到了顶峰的时代。一大批从政的文人学者倡导引领在先，出现了诗词曲赋作品繁盛的局面。巡幸队伍就是行进中的朝廷，巡幸之路也是一条文化的纽带。他们扈从皇帝北行，在亲身经历巡幸的整个过程中，目睹了巡幸规模之宏大，仪式之隆重，上都及沿途的山川风物之奇特迥异。所见所闻，使敏感的诗人们情思涌发，他们挥翰染墨，倾注自己独特的感受。陈孚、萨都剌、马祖长等许多随行的文人墨客在这里留下了风格独特、地域鲜明、自成一体颂咏元上都繁荣昌盛和金莲川美景的元代散曲和诗词作品。元代，散曲和杂剧凸显了元代文学艺术的纪实性和民间化的特点，一扫奢华、衰弱的萎靡之风。纵观上都、大都间驿路的扈从诗和散曲，从内容上看，一部分属于边塞，一部分属于草原，一部分属于宫廷，一部分属于市井。从主题范围上看，有的记述历史文化重大题材，有的记录社会生活小景小情，有的描画自然风光山川草地。对边塞、草原和上都市井都作了集中的广泛的深度的描述和反映，真实地再现了游牧草原的风貌和元代草原都城的历史文化风情。

同时，元朝还出现了阿鲁威、孛罗、杨景贤等一批用汉文进行散曲、杂剧创作的蒙古族作家。其中描写上都和金莲川的主要散曲作品有冯子振的《【正宫·鹦鹉曲】松林》："山围行殿周遭住，万里客看牧羊父。听神榆树北车声，满载松林寒雨。【幺】应昌南旧日长城，带取上京愁去。又秋风落雁归鸿，怎说到无言语处。"《【正宫·鹦鹉曲】至上京》："澶河西北征鞍住，古道上不见耕父。白茫茫细草平沙，日日金莲川雨。【幺】李陵台往事休休，万里汉长城去。趁燕南落叶归来，怕迤逦狐冷处。"冯子振为人博闻强记而才气横溢，文思敏捷，下笔万言，倚马可待，以文章称雄天下，今存散曲小令44首，其中42首鹦鹉曲都是在元上都创作的。曾任兵部主事、拜监察御史的刘敏中，著有与元曲同宗的《鹤桥仙·上都金莲》词："重房自折，娇黄谁注？烂漫风前无数。凌波梦断几度秋，只认得，三生月露。川平野阔，山遮水护，不似溪塘迟暮。年年迎送翠华行，看照耀，恩光满路。"元代曲状元马致远的小令写得俊逸疏宕，别有情致，今存散曲130多首，其小令《【天净沙】·秋思》广为流传，可谓家喻户晓："枯藤老树昏鸦，小桥流水人家，古道西风瘦马。夕阳西下，断肠人在天涯。"仅28字就勾勒出一幅秋野夕照图，特别是首三句不以动词作中介，而连用九个名词勾绘出九组剪影，交相叠映，"小桥流水人家"一句，更是成了千古名句。这首小令共有三首，如果将其二"平沙，细草，斑斑；曲溪，流水，潺潺；塞上，清秋，早寒。一声新雁，黄云红叶青山"和其三"西风，塞上，胡笳；月明，马上，琵琶；那底，昭君，恨多。李陵台下，淡烟衰草黄沙"联系起来看，我们是否可以有这样一种大胆的推测：也许《【天净沙】·秋思》这首脍炙人口的小曲，还是马致远从大都北行到上都金莲川草原期间，写下描写塞外草原景象的诗句呢。正是这些诗词大家和他们的名篇经典，使正蓝旗成为了元曲发祥地之一和散曲成长的沃土。两都间巡幸中创作出的百年扈从诗和散曲，不仅描画了中原农耕文化与草原游牧文化融汇的历史画卷，也见证了中华百年文明。

另外，正蓝旗又是中国蒙古族著名诗人、当代蒙古文学奠基人，被称为"蒙古族鲁迅"的纳·赛音朝克图的故乡。蒙古族是最具诗意的民族,其生产生活的诸多环节都蕴含着文学元素,草原上的牧人张口就来诗,可以说个个都是即兴诗人,诗歌成了他们生产生活中的一部分。2016年12月12日,正蓝旗被中华诗词学会命名为中华诗词之乡。正蓝旗还建有建筑面积6991平方米的中国首个展示元朝历史文化和蒙古族民俗特色的元上都遗址博物馆,通过270多件(套)文物再现了游牧文化与农耕文化、草原文化与中原文化、亚洲文化与欧洲文化的碰撞与融合,成为正蓝旗成功建设为中华散曲文化教育基地的坚实基础和有利条件。

现如今,到过正蓝旗的散曲家对这片草原仍是赞叹不已。如中华诗词学会副会长、中华散曲工作委员会副主任、内蒙古诗词学会会长贾学义的《【中吕·山坡羊】正蓝旗中华散曲文化教育基地挂牌》:"秋风呼唤,秋光陪伴,相携又至芳馨甸。觅金莲,话蒙元,渊源文脉千年漫,谈笑尚知前路远。牌,今日悬;诗,明日繁。"内蒙古草原散曲社社长张首贤的《【正宫·折桂令】赴正蓝旗考察中华散曲文化教育基地》:

"穿烟雨驰骋苍原，欲觅遗馨，破雾关山。五代京华，一川王气，迭起心澜。元上都迹呈往古，瀛洲客曲著名篇。学士吟酬，鹦鹉歌旋，故地传承，追念前贤。"等散曲作品，不仅宣传了正蓝旗，同时也带动了当地的散曲创作。

正蓝旗中华散曲文化教育基地草原艺术公社，由建筑面积上万平方米的别墅区组成，2017年3月16日正式投入使用，地处世界文化遗产元上都遗址所在地，邻近元上都遗址博物馆，紧靠浑善达克沙地，可赏金莲川草原，观忽必烈影视城，体验察哈尔民俗风情，历史底蕴厚重，自然风光秀丽，文化元素齐全，成为散曲教育、传承和创作采风的好去处。目前，草原艺术公社已在中华散曲文化教育基地500多平方米的展厅内，通过百余件书法、绘画、摄影、音像作品和部分书籍报刊，对汉族传统文化与其他民族文化相融合的中华散曲进行了重点宣传展示和普及，人们在惊叹于散曲这种雅俗共赏艺术结晶的同时，也记住了这片大美草原。除此之外，草原艺术公社目前还成为河南、福建、上海、广东和内蒙古五省市自治区大专艺术院校和社会文艺团体的创作采风基地，中国西部画院、首都师范大学、内蒙古通俗文艺研究会、锡林郭勒盟诗词家协会等50多家单位先后在此挂牌，形成了独具特色的文化旅游景区，成为蒙元文化旅游观光的首选之地。

党的十八大以来，社会主义文化强国建设迈出强劲步伐，有力地推动了中华诗词事业的繁荣发展。习近平总书记在弘扬中华诗词和传统文化上更是率先垂范，把诗情画意引入伟大的中国梦。强调"古诗文经典已融入中华民族的血脉，成了我们的基因"，并亲自赋诗添词《念奴娇·追思焦裕禄》《军民情·七律》等，引领一代风骚。在习近平总书记的系列重要讲话、文章中也常常是引经据典，让人们感受到浓浓的诗情画意，感受到中华优秀传统文化的美好和智慧。2015年10月3日，中共中央又下发了《关于繁荣发展社会主义文艺的意见》，强调要"加强对中华诗词、音乐舞蹈、书法绘画、曲艺杂技和历史文化纪录片、动画片、出版物等的扶持"。这是第一次把中华诗词的发展写进中央文件，是一个令人非常振奋的事情，党中央把"中华诗词"放在"加强""扶持"的各文学艺术、宣传出版品种的首位，充分体现了党中央对繁荣发展中华诗词的高度重视和殷切期望，对于包括散曲在内的中华诗词事业的发展起到了极大的促进作用。在2017年国家新编初中语文教材中，除马致远的散曲《【天净沙】·秋思》外，元代张养浩的散曲《【山坡羊】·潼关怀古》也被收录其中。在这样一个大好形势下，正蓝旗旗委、政府坚持文化自信，将建设中华散曲文化教育基地作为传承中华优秀传统文化，彰显文化魅力，陶冶文化情操的系统工程，与文化强旗建设相结合，与旅游开发相结合，相互促进，相得益彰，为推进转型发展提供强大的精神动力与智力支持，实现了物质文明与精神文明的协调发展。在成功创建中华诗词之乡的基础上，旗委、政府整合文化资源，在抓好民族服饰、蒙餐、奶制品、肉制品、蒙古包等民族产品的同时，开始对散曲进行重点挖掘和整理，以发展民族文化产业为弘扬散曲文化创造条件，将传统的优秀散曲作品通过中华散曲文化教育基地加以研究并推荐出去，助推区内外作者创作出了一批新的散曲精品，为传承弘扬中华优秀传统文化，打造特色文化品牌，繁荣散曲事业作出了积极的贡献。《锡林郭勒日报》、正北方网、内蒙古新闻网、内蒙古综合新闻网、锡林郭勒盟行政公署门户网等媒体对此曾给予了重点宣传报道，其中兴安盟新闻网浏览次数达万余人。

在唐诗宋词元曲中，散曲最接近现代、接近民间、接近草根，是中华文化百花园中的一朵奇葩。散曲的艺术特点优于其他文体，她贴近生活、自然质朴、通俗易懂、朗朗上口、谱曲能唱等特点更利于呼唤时代风雨，折射人民心声。为普及散曲知识、提高创作水平，中华散曲工作委员会委员、黄河散曲社社长、内蒙古草原散曲社顾问李玉平，为我们寄来了《当代散曲》等书刊，正蓝旗文联为上都诗词学会会员编发了散曲学习资料，在《金莲川记忆》上发表了《马致远的散曲与金莲川草原》等有关文章，开办了

"正蓝旗散曲之友"微信群。正蓝旗历史悠久，诗词曲创作薪火相传。2017年9月3日，正蓝旗文艺工作者巴·乌云达来作词的蒙文歌曲《亲人你好》和仁·斯琴巴特尔作曲的蒙文歌曲《我的内蒙古》，分别荣获自治区第十三届"五个一工程"优秀作品奖。2018年4月12日，正蓝旗那日图苏木葫芦斯台嘎查牧民刘海林的诗歌《我的家乡》获内蒙古自治区党委宣传部、内蒙古文学艺术界联合会主办，内蒙古作家协会承办的"原野放歌·首届农牧民诗歌大赛"优秀作品奖。柴秀娥、刘海玲、刘悦英等人参加了内蒙古西部散曲群，她们继承传统体式、创新表现内容，先后创作并在相关网络上发表了《【正宫·小梁州】草原金秋》《【双调·清江引】草原即景》《【仙吕·寄生草】诗瘾》《【正宫·醉太平】朱日和演兵赞》《【中吕·鹦鹉曲】悠思》《【天净沙】土豆花》等时代感和古典美兼具的散曲作品，散发着质朴畅爽的元风时韵，唱响了时代主旋律。其中，2017年6月17日哈毕日嘎镇庆丰村农民女诗人柴秀娥在参加锡林浩特市文联、锡林郭勒盟诗词家协会、锡林浩特市作协组织的"放歌时代，纵笔草原"创作采风活动时，创作并通过微信转发的《【双调·殿前欢】人文锡林》，是正蓝旗作者创作出的第一首散曲作品。8月15日，她又率先在《内蒙古诗词》散曲专刊上发表了《【中吕·醉高歌】感怀》《【天净沙】农家院》等5首散曲作品，成为正蓝旗作者在纸媒公开发表散曲作品的第一人，填补了正蓝旗现代散曲创作的空白。同年12月，总第11期《锡林郭勒诗词》开办散曲专栏，选发正蓝旗作者的散曲作品13首，2017年第四期《巴彦淖尔诗词》也在曲赋园地专栏中选发了正蓝旗作者的8首散曲作品。在我和《锡林郭勒日报》锡林河文艺副刊编辑乌云高娃的共同协调努力下，2018年4月16日，《锡林郭勒日报》锡林河文艺副刊首开散曲专栏，刊发了正蓝旗作者的6首散曲作品，并加了编者按。其所发表的散曲作品原汁原味，洋溢着泥土的芬芳，贴近生活，有灵气，令人赏心悦目，引起了散曲界的关注和认可。据中华散曲工作委员会统计，目前全国从事诗词创作的大军已有两百万之众，而从事散曲写作的也就一两千人。也许，正是因为人数不多，所以发展起来才有后劲。

在党的十九大报告中，习近平总书记又强调指出要"深入挖掘中华优秀传统文化蕴含的思想观念、人文精神、道德规范，结合时代要求继承创新，让中华文化展现出永久魅力和时代风采"。进而为我们弘扬包括散曲在内的中华优秀传统文化指明了方向。2017年10月25日，新一届中央政治局常委同中外记者见面时，习近平总书记满怀豪情与睿智，坚毅自信地说道："我们欢迎各位记者朋友在中国多走走、多看看，继续关注中共十九大之后中国的发展变化，更加全面地了解和报道中国。我们不需要更多的溢美之词，我们一贯欢迎客观的介绍和有益的建议，正所谓'不要人夸颜色好，只留清气满乾坤'。"这两句诗，出自元朝著名画家、诗人王冕《墨梅》："吾家洗砚池头树，朵朵花开淡墨痕。不要人夸颜色好，只留清气满乾坤。"这是王冕的一首题画诗，其后两句的意思为"不需要别人夸它的颜色好看，只需要梅花的清香之气弥漫在天地之间"。此次总书记引用"不要人夸颜色好，只留清气满乾坤"的诗句，之所以能够引发国人的强烈共鸣，一是这句诗浓缩了中华"梅文化"的精华，展现了新时代国人应有的底气和骨气；二是这句诗巧妙地利用"淡墨""无色"的画面特点，传递出一种人格的卓立与浩大；三是这句诗通过外界形形色色的夸耀，反衬出面对成就时难得的理性、冷静和对初心的坚持。"诗言志，歌咏言"。在中国文化传统里，没有比诗歌更能直陈胸臆、抒发心志的了。习近平总书记以诗言志，吟咏的是墨梅不慕虚名、绽放清芬的品格，彰显的是大国大党的自信，表达的是从容清醒的定力，传递的是埋头苦干的意志。诗意的表达，让人们看到一个古老民族走向世界的气度、一个走过近百年的政党面对未来的胸襟。2017年9月，在教育部新编中小学生语文教科书所收录的135首古诗文中，便包括元朝诗人王冕的这首《墨梅》。2018年2月16日，在央视一套推出的中国首档大型诗词音乐文化节目《经典咏流传》舞台上，经过著名女歌手谭维维的创新演绎,《墨梅》一夜之间便走进了千家万户,再次焕发出新的光彩。

2018年3月28日,内蒙古诗词学会印发了《关于加强草原散曲社工作的意见》,指出内蒙古散曲工作从2016年11月起步到现在,发展势头良好,工作局面已经打开。存在的困难和问题是散曲队伍还需壮大,散曲创作质量需要进一步提高,散曲微信群活动需要改进和加强,着力营造全区各级各类诗词组织和广大诗友充分关心、重视、支持、参与散曲工作的浓厚氛围,力促散曲事业在全区范围内有一个新发展。

中华散曲事业的传承和发展,归根到底还是要靠人。正蓝旗文联、上都诗词学会以发现和培育本土新人为己任,注重发现、紧密团结和热情扶持热爱散曲事业的作者,尽力为他们的学习创作和交流提供服务。2017年11月13日至15日,正蓝旗文联组织当地10余名散曲作者,深入到正蓝旗草原艺术公社中华散曲文化教育基地,开展了散曲创作采风活动,创作出了《【越调·天净沙】十九大精神感悟》《【大石调·初生月儿】学散曲》等30余首赞颂党的十九大,体现社会主义核心价值观、草原文化核心理念,思想性、艺术性较强的优秀散曲作品。2018年3月9日,在正蓝旗政协主席斯琴,副主席郭全生的高度重视下,正蓝旗政协以文史资料丛书的形式,将编辑出版《上都散曲》纳入正蓝旗政协2018年度工作要点,支持我着手编辑出版《上都散曲》这本内蒙古地区首部正式出版的散曲作品集。可以说,没有他们的支持,这本书就很难摆在读者的书桌上,可谓功不可没,非常感谢他们对散曲事业的支持。相信该书的出版,一定能够吸引鼓励更多的人从事散曲创作和研究,并为之努力前行。

长江后浪推前浪,中华文化源远流长。《上都散曲》是正蓝旗政协有关领导和文史工作者及散曲作者集体智慧的结晶,是利用散曲形式研究和普及地域传统文化的一个尝试,也是献给家乡和广大散曲爱好者的一份礼物,无论厚薄丹心可鉴。但由于自身水平所限,如存有不足之处,尚请读者提出宝贵意见。